AF294725

Bibliografische Informationen der Deutschen Nationalbibliothek. Die Deutsche Nationalbibliothek verzeichnet diese Publikation in der Deutschen Nationalbibliografie, detaillierte bibliografische Daten sind im Internet über http://dnb.dnb.de abrufbar.

Herstellung und Verlag
BoD Books on Demand, Norderstedt
ISBN: 9 783751 952491

Die Anregung für dieses Buch bekam ich, als wir mit meiner Schwester Lilo und ihrem Lebensgefährten Sepp zusammen die Burg zu Burghausen besuchten. Die alten Gewölbe und Gänge ließen mich nicht mehr los, regten meine Fantasie an.

Für meine Schwester Lilo
zu Ihrem
achtzigsten
Geburtstag.

BURGHAUSEN ABENTEUER

Erstes Kapitel

Es war ein trüber nebliger Novembertag, als die vier Freunde, Alex, Ed, Fred und Kim sich entschlossen auf die Burg zu gehen, um diese zu erkunden. Sie waren schon des Öfteren dort oben gewesen und hatten immer viel Spaß gehabt. Die Burg beherbergte noch viele unerforschte Ecken, besonders bei Nebel boten die Burgmauern ein gruselig schönes Szenario zum Fantasieren.

Mit sechzehn war Alex der älteste von den Vieren. Ed war ein paar Wochen jünger. Fred hatte vor ein paar Wochen sein fünfzehntes Lebensjahr vollendet.

Das Quartett wurde durch Kim vervollständigt. Auch sie war fünfzehn, sah aber zu ihrem Leidwesen jünger aus. Sie war gerne mit den Jungen zusammen, denn mit ihnen erlebte sie immer irgendwelche Abenteuer.

Alex war Klassenprimus, ein Mathematikgenie, der seinen Lehrern noch etwas vormachte, aber dabei nie überheblich war. Seine andere Leidenschaft war die Astrophysik. Auch beim Erkunden war er immer vorne dran.

Fred war ein gut gelaunter, immer fröhlicher Typ und für jeden Spaß zu haben. Er liebte es, zu kochen, was in der Familie lag, denn seine Mutter war Küchenchefin im Hotel Post in Burghausen, gegenüber der Stadtverwaltung am Stadtplatz zentral gelegen.

Wenn man Fred suchte, konnte man ihn mit Sicherheit in der Hotelküche finden.

Dann war da noch Kim, die als kleines Mädchen mit ihren Eltern von Südkorea nach Burghausen gezogen war. Kim war die IT-Spezialistin der Gruppe, die so ziemlich alles wusste, was mit Computern und Betriebssystemen zu tun hatte; das iPhone mit seinen Funktionen und Anwendungen war ein Kinderspiel für sie. Sie hatte einen klaren Kopf und konnte logisch denken. Ihr soziales Engagement an der Schule war bekannt.

Ed war der Praktiker der Gruppe, er hatte die Fähigkeit, etwas auseinander zu nehmen und nachher wieder fehlerfrei zusammen zu bauen. Sein fotographisches Gedächtnis kam ihm dabei zu Gute.

Die Vier machten sich auf zur Burg, und nahmen den etwas beschwerlicheren Burgsteig.

Oben angekommen mussten sie erst einmal verschnaufen.

Sie genossen den tollen Blick auf die Stadt, die durch den milchigen Nebel schimmerte. Hier oben schien die Sonne.

Es war für diese Jahreszeit ungewöhnlich warm. Sie liefen am Stephansturm vorbei in Richtung Georgstor.

Selbst um diese Jahreszeit waren hier oben Touristen, aber heute waren nur wenige heraufgekommen.

Alex machte den Vorschlag, wieder die Schatzkammer zu erkunden. Gesagt, getan, die Vier mischten sich unter die Touristen und erreichten bald das eiserne Gatter der Schatzkammer. Sie wussten, wie man es öffnete, warteten aber, bis niemand in ihrer Nähe war.

Ed hatte wie immer das Schloss mit ein paar Handgriffen geöffnet, und sie schlüpften schnell hinein, schlossen das Gatter hinter sich und verschwanden in der Dunkelheit des Gewölbes. Von draußen waren sie nun nicht mehr zu sehen.

Nachdem sie sicher waren, dass niemand ihr Eindringen bemerkt hatte, sagte Kim, *„Schaltet jetzt die Taschenlampen der iPhones an."*

Das Licht reichte aus, um das Gewölbe zu erhellen. Die Jugendlichen wählten den rechten Gang, den linken hatten sie schon letztes Mal erkundet.

Der Gang führte leicht nach unten, Fred behauptete, es rieche nach Pilzen. Hier war schon seit langer Zeit niemand mehr gewesen. Alles war ein bisschen anders als bei der letzten Erkundung. Es ging ständig weiter nach unten, und es gab mehrere Gabelungen. Sie waren schon an vier vorbeigekommen. Ed bemerkte, dass es zunehmend enger würde.

Kim antwortete, *„Wir müssen schon ziemlich tief unter der Burg sein, so steil wie es abwärtsgeht."* Ed schlug vor, doch einen dieser Seitentunnel zu erforschen. Alex stimmte zu und die anderen folgten. Nach circa 50 Metern endete dieser Tunnelgang und es ging nicht mehr weiter.

Kim bemerkte ein leichtes Schimmern am Ende des Ganges und machte die anderen darauf aufmerksam. Sie gingen näher heran, um die Erscheinung am Boden zu untersuchen. Das wabernde etwas hatte im Durchmesser ungefähr einen Meter, wirkte unnatürlich und passte überhaupt nicht in ein so altes Gemäuer. Kim sagte, *„Es sieht flüssig aus. Hat* *einer einen Stein, um zu prüfen, was passiert, wenn man einen Gegenstand darauf wirft?"* Ed kramte eine Schraube aus seiner Hosentasche.

Das schimmernde Loch im Boden passte nicht in eine über 900 Jahre alte Burg.

Die Freunde waren verunsichert. Alex sagte, *„Wir müssen herausfinden, was es mit diesem merkwürdigen Loch auf sich hat."*

Fred warf die Schraube auf das wie Wasser schimmernde Loch am Boden. Mit einem schmatzenden Geräusch verschwand die Schraube und man hörte sie auf dem darunterliegenden Boden aufschlagen. Alex ging näher heran. *„Da stimmt etwas nicht, das Ding scheint durchsichtig zu sein."*

Fred traute sich als erster, das Loch im Boden näher zu

untersuchen. Er kroch auf allen vieren vorsichtig heran und sagte zu den anderen: *„Man kann durchgucken. Es sieht aus, als ob eine Leiter nach unten führen würde."*

Das war für einen Burgkeller nichts Ungewöhnliches, außer dass die Abdeckung aus einem Material bestand, das hier und heute nicht hingehörte.

Sie waren unschlüssig, denn das schimmernde Etwas war nicht genauer zu identifizieren.

Sie beratschlagten, was sie weiter tun sollten.

Sollten sie den Rückzug antreten? Die Neugierde der Vier war einfach zu groß. Also entschlossen sie sich, einen Vorstoß nach unten zu wagen. Fred sagte mutig: *„Ich gehe jetzt durch die Brühe und steige die Leiter hinab. Wenn ich nicht durchkomme, müsst* *ihr halt die Polizei verständigen."*

Lachend und voller Tatendrang stieg er durch die schimmernde Substanz. Es passierte nichts, er kam komplett durch. Er rief den anderen zu, sie sollten nachkommen und meinte, er habe außer einem leichten Kribbeln am ganzen Körper nichts weiter verspürt. Alex, Ed und Kim folgten ihm vorsichtig durch das Loch und stiegen nacheinander die Leiter hinunter. Auch sie hatten das gleiche Gefühl, wie Fred. Sie befanden sich nun alle in einem engen Gang und beratschlagten, was sie weiter Unternehmen sollten.

Kim deutete auf ihre Uhr und sagte: *„Es ist schon sechzehn Uhr und wir sollten zurückgehen. Wir können morgen wiederkommen."*

Fred stimmte dem zu, weil er langsam Hunger bekam und seiner Mutter versprochen hatte, in die Hotelküche zum Abendessen zu kommen. Alex und Ed waren der gleichen Meinung. Als sie jedoch die Leiter nach oben klettern wollten, war das wabernde Loch verschwunden. *"Verdammt"*, schimpfte Alex, *„was hat das denn zu bedeuten? Es war doch gerade noch da. Was ist passiert?"* Alle waren ratlos und standen unschlüssig einige Minuten herum.

Ed stieg nochmals die Leiter nach oben und versuchte, den vermeintlichen Deckel zu öffnen. Er stemmte sich mit all seinen Kräften gegen die Decke, aber es half nichts, sie war nahtlos verschlossen.

Die Kinder waren in großen Schwierigkeiten, das erkannten sie sofort.

Kim Schaute erneut auf ihre Armbanduhr und stellte zu

ihrem Entsetzen fest, dass die Uhr immer noch auf sechzehn Uhr stand, der Zeiger hatte sich nicht eine Sekunde weiterbewegt. Es mussten aber mindestens zehn Minuten vergangen sein, seit sie das letzte Mal darauf geschaut hatte.

Auch die anderen schauten auf ihre Uhren und tatsächlich, alle Uhren zeigten sechzehn Uhr an.

Alex war der Erste, der den Schock überwand: *„Das sieht nach Riesentrouble aus. In was sind wir hier geraten? Das kann doch nicht mit rechten Dingen zugehen! So aufregend sollte der Tag ja auch nicht werden."*

Es hieß jetzt, die Nerven zu bewahren und logisch vorzugehen.

Kim kramte aus ihrer Tasche auch ihr iPhone heraus, schaute auf den Screen und schrie: *„Mist, dass iPhone funktioniert zwar, aber auch hier ist die Zeit bei sechzehn Uhr stehen geblieben."*

Kim scrollte durch die Funktionen, es schien alles zu funktionieren außer Zeit und Internetverbindung.

Die Batterien aller iPhones zeigten 100% an, obwohl schon seit Stunden eingeschaltet. Dies war sehr seltsam!

„Lasst uns den Grund später untersuchen, jetzt müssen wir erst hier herauskommen," sagte Alex, *„Ist euch schon aufgefallen, dass dieser Gang heller ist als die anderen Gänge? Lasst uns sehen, was hinter der nächsten Ecke liegt."* Sie liefen schneller als sonst, weil jeder jetzt Angst bekam. Wilde Szenarien schwirrten jedem einzelnen durch den Kopf.

Hinter der nächsten Biegung sahen sie einen hellen Schein,

wie den Umriss einer von außen sonnenbeschienenen Tür.

Nach 50 Metern erreichten sie die Tür, eine stabile Eichentür.

Ed untersuchte diese genauer und stellte fest, sie war ziemlich neu, auch das Schloss war neu. Die Tür war verschlossen. Für Ed war das aber kein Grund zur Panik, denn bisher hatte er alle Schlösser aufbekommen.

Es dauerte ungefähr 5 Minuten und das Schloss schnappte auf.

Vorsichtig öffnete Ed die Tür einen Spalt und schaute hindurch. Alle fragten auf einmal, *„Was siehst du?"* Ed antwortete: *„Ihr werdet es nicht glauben, aber, ich schaue genau auf den Stadtplatz."* *„Hurra"* riefen die anderen und wollten schon hinausrennen, aber Ed stoppte sie und sagte: *„Vorsicht! Es sieht zwar aus wie der*

Stadtplatz, aber irgendwas ist anders." „*Was soll denn das wieder heißen?"*, riefen die anderen.

Ed öffnete den Spalt etwas mehr, damit sie alle hindurchschauen konnten. „*Na so etwas"*, schrien die Freunde. „*Es ist der Stadtplatz, aber er sieht so aus, wie man ihn von alten Kupferstichen her kennt."*

„*Das ist nicht ‚unser' Stadtplatz"*, sagte Kim. Sie verschlossen die Tür wieder und setzten sich auf den Boden, um zu beratschlagen. Nach einer Viertelstunde kamen sie zu dem Entschluss, es nutze alles nichts, man müsse hinaus und sehen, was da draußen vorgeht.

Sie fassten allen ihren Mut zusammen und traten durch die Tür.

Zweites Kapitel

Das Wetter war immer noch kühl und nebelig, aber die Sonne kam langsam durch. Der sonst so gepflegte Stadtplatz war jetzt unansehnlich und mit allerlei Unrat übersät. Es lag ein muffiger Geruch über dem Platz, wie auf der Müllkippe außerhalb der Stadt.

Alex rief: *„Schaut mal die Häuser an! Sie sehen zwar neu aus, aber die Fassaden sind nicht so kunstvoll bemalt wie heute Morgen noch."*

Der Platz war so gut wie leer, nur einige Leute liefen quer über das Pflaster. Fred sagte, zu Kim gewandt: *„Ist dir aufgefallen, wie klein die Leute sind, höchstens 150 -160 cm groß."*

„Ich bin 1,79 Meter und wie groß bist du? 1,68?" „Ja, antwortete Kim, das stimmt,

also im Vergleich zu diesen Leuten sind wir Riesen!"

Alex und Ed stimmten den beiden zu.

Der Marktplatz bevölkerte sich zunehmend und es wurden Stände aufgebaut. Die Stände waren primitiv aus Stangen, mit Leinentuch darüber gespannt. Es waren Handwerker, Metzger, Schmiede, Bäcker zu sehen, welche ihre Waren feilboten.

Die Kinder kauerten noch immer unbeweglich in einer Nische, wo sie niemand sehen konnte. Sie waren an einem Seitenausgang der Kirche St. Jakob herausgekommen.

Von hier aus konnten sie alles beobachten.

Kim fragte: *„Was meint ihr, wollen wir es wagen, uns unter die Menschen zu mischen?"*

Es herrschte bald ein munteres Durcheinander. Einige Leute waren in farbenfrohe Gewänder, andere in farblose braune oder graue Umhänge gekleidet, aber die meisten wirkten zerlumpt. Sie hatten komische Mützen auf dem Kopf. Die Frauen liefen in langen Umhängen herum, die aussahen als seien sie schon seit Monaten getragen. Alles schien wie aus einem mittelalterlichen Bilderbuch der Stadt-Bibliothek.

„Verdammt", sagte Alex, *„Ich glaube, es hat uns tatsächlich ins Mittelalter versetzt, wie ist das nur möglich?"*

Es half nichts, sie mussten es wagen und sehen was passierte.

„Allerdings", meinte Fred, *„Werden wir Aufsehen erregen, denn in unseren Outfits fallen wir sofort auf."* *„Ja"*, antwortete Kim, *„Die anderen Leute sind alle in merkwürdige Gewänder gekleidet. Ich habe solche schon mal auf alten*

Stichen und Wandteppichen in der Burg gesehen." „Und ich *hatte mich so auf ein gutes Abendessen im Hotel Post gefreut! Meine Mutter wartet bestimmt schon auf mich,"* fiel Fred ein.

Kim sagte: *„Ich bekomme auch so langsam Hunger."*

Die Vier wagten sich schließlich unter das Volk und waren erstaunt, dass keiner auch nur im geringsten Notiz von ihnen nahm. Alex sagte, *„Wir müssen denen doch auffallen, so wie wir angezogen sind, auch überragen wir alle, die hier herumlaufen."* Ed erwiderte: *„Womöglich nicht, da wir alle Pullover mit Kapuzen anhaben."* Sie fühlten sich langsam sicherer, weil keiner sie ansprach und wissen wollte, wo sie herkämen.

Sie gingen in Richtung Rathaus. Zu aller Erstaunen

stand gegenüber das Hotel Post, bloß nicht wie sie es kannten. Es war neu, hatte nur ein Stockwerk, und war weiß getüncht.

Es gab keinen Biergarten mit gelben Sonnenschirmen, keine Tische und Stühle, auch keine Gäste, welche sich ein Bier und etwas zu essen bestellten. Nichts dergleichen!

Es wurden weiter Verkaufsstände aufgebaut, und niemand beachtete die vier, als sie daran vorbeiliefen.

Sie hörten den Leuten zu, als diese sich unterhielten. Die Sprache klang bayrisch, aber unverständlich, scheinbar altbayrisch, so wie es im Mittelalter gesprochen wurde.

Fred sagte zu Ed: *„Riechst du es auch? Da kommt ein Essensgeruch aus der offenen Hoteltür."* Ed roch es auch. Sogleich lief Fred auf die Tür zu und die anderen folgten ihm.

Drinnen im Gastraum saßen Männer an Holztischen mit Zinnkrügen vor sich; einige aßen aus Blechtellern Suppe oder Brei. „Das sieht nicht gerade appetitlich aus", sagte Fred, *„Den Koch würde ich sofort entlassen!"*

Alex war der Erste, der sich traute einen der Männer anzusprechen, fragte was er da esse, und dieser antwortete, das sei Rübeneintopf und schmecke hier im *„Stüberl"* besonders gut.

Auch hier sprach sie niemand an und wollte wissen, woher sie kämen.

Durch die hintere Tür kam jetzt eine Frau und fragte die Vier: *„Was darf ich ihnen bringen".* Fred erklärte der Frau, *„Sie seien nicht von hier, hätten einen sehr weiten Weg hinter sich, seien* hungrig, aber nichts womit sie zahlen könnten." „Er log ohne rot zu werden, sagte zu der Frau, „Wir sind auf dem Wege ausgeraubt worden und besitzen nichts mehr. Sie hätten aber trotzdem Hunger."

Die Frau fragte Fred, „Ja was kannst denn, Bube? In der Küche brauch I halt dringend a Hilf, um das Feuer an der Kochstelle zu bestücken und zu schüren, für den Tag halt. Für die Nacht habe ich schon zwei Burschen."

Daraufhin meinte Fred, „Er sei genau der Richtige und würde das Machen und er könne auch Speisen zubereiten, er sei weit gereist und ein guter Koch. Er sei in der Lage, den höchsten Ansprüchen in der Gastronomie gerecht zu werden. „Jetzt haut er so richtig auf den Putz," dachte Kim. Fred übertrieb weiter: „Er habe schon für Fürsten und Grafen *in verschiedenen Landesteilen gekocht."*

Die Frau schien begeistert; ihr Gesicht hellte sich zunehmend auf und sie lächelte und bat Fred, er könne sich, nachdem sie alle gegessen und getrunken hätten, in der Küche nützlich machen.

„Das sieht ja schon mal ganz gut aus meine Freunde", jetzt gibt es erst mal etwas zu essen. Aufregung macht hungrig."

Fred stellte die anderen vor, und die Frau sagte freundlich, *„Ich bin Elsbeth die Köchin."* Sie ging in die Küche und kam mit vier gefüllten Tellern zurück und stellte sie auf den Tisch, an dem die Vier Platz genommen hatten.

Fred fragte Elsbeth, was das denn für ein Gericht sei und sie sagte, *„Das sei gekochtes Rindfleisch ,wir nennen es* hier ‚Tellerfleisch‘." Es gab Brot dazu.

Leise sagte Fred zu den anderen, *„Das schaut grauslich aus, aber der Hunger treibt es hinein."* Sie leerten ihre Teller und Ed meinte, *„Das war gar nicht so schlecht, es sah auf dem Teller schlimmer aus, als es schmeckte."*

Fred ging dann nach hinten. Er war geschockt, was für eine Küche er vorfand.

Es gab zwei Große offene Feuerstellen, mehrere kleine unterschiedliche Herde aus gebrannten Tonziegeln mit einer Gusseisenplatte darüber. An den Wänden standen Regale, und von der Decke hingen Töpfe und Geschirr. Über der offenen Feuerstelle hing ein schwerer Topf aus Gusseisen, der an einer höhenverstellbaren Kette befestigt war. Es köchelte ein Eintopfgericht darin. In einer

Ecke stand ein Zuber mit schmutzigem Geschirr, welches im trüben Wasser gewaschen werden sollte. *„Ach du liebe Güte"*, dachte Fred, *„Wie soll man denn hier etwas Anständiges zubereiten? Da muss ich wohl oder übel improvisieren."*

Er kümmerte sich um das Feueranzünden und half Elsbeth beim Anrichten der verschiedenen Speisen, allzu viele waren es nicht! Hirsebrei, Rübeneintopf und gekochtes Ochsenfleisch.

Über einem der Feuer wurde von einem Buben ein Spanferkel auf dem Spieß gedreht.

In der Zwischenzeit machten sich die anderen drei Freunde im Gastraum nützlich, räumten die Tische ab, und Ed fegte mit einem Reisigbesen den schmutzigen Fußboden, der, so schien es, von den Gästen als Mülleimer benutzt wurde.

Nachdem sie fertig waren, sah der Gastraum einladender aus, und die drei waren zufrieden.

Fred begutachtete inzwischen die Bestände der Küche, er fand Mehl, Milch, frisches dunkles Brot, helles Domherrenbrot, Eier, Butter in einem Tongefäß. An frischen Kräutern und Salz und Pfeffer haperte es aber.

In einem Weidenkorb fand er zu seiner Überraschung frische Pfifferlinge und andere Waldpilze.

Fred fragte Elsbeth, *„Ob er die Pilze für die Zubereitung einer Pfifferling Soße nehmen dürfe, er würde gerne Semmelknödel dazu servieren."* Elsbeth schaute ihn mit großen Augen an, *„Sie hätte das schon einmal gehört, aber noch nie gekocht."*

Sie ermunterte ihn, anzufangen, beobachtete seine Handgriffe ganz genau.

Fred schnitt das Domherrenbrot (Weißbrot), das einige Tage alt war in dünne Scheiben, es entsprach circa der Menge von zehn Brötchen. Er machte einen 1/4 Liter Milch warm. Auf einem der Herde briet er in einer gusseisernen Pfanne die Pfifferlinge mit fein geschnittenen Zwiebel goldgelb an. Löschte alles mit etwas Brühe ab und füllte zum Schluss das Ganze mit Milch auf. Er ließ das Gericht soweit einkochen, bis die Soße eine schöne Konsistenz hatte.

Dann bereitete er die Knödel zu. Er übergoss die Brotscheiben mit der warmen Milch, deckte das Ganze ab und ließ es für 20 Minuten ruhen. Fred fragte Elsbeth, *„Ob sie etwas Salz, eine weitere Zwiebel und einen Bund Petersilie habe."* Das Salz wollte sie erst nicht

herausrücken, das behandelte
sie wie Gold, und hatte es
auch unter Verschluss.

Fred machte ihr klar, dass
Salz, neben Zwiebel und
Petersilie für die Knödel
zwingend notwendig wäre.
Elsbeth gab ihm schließlich
etwas Salz, das grobkörnig war
und erst mit einem Holzhammer
zerkleinert werden musste.

Er schnitt die Zwiebel klein
und ließ sie in wenig Butter
in der Pfanne golden anbraten.
Zwiebel und Petersilie mischte
er dann mit vier
aufgeschlagenen Eiern unter
das Knödelbrot, befeuchtete
seine Hände und formte acht
Tennisball große Knödel. Diese
wurden ins heiße, nicht mehr
kochende Wasser gelegt und für
zwanzig Minuten im Wasserbad
gegart.

Fred gab Elsbeth, einen
Knödel mit der Pfifferling
Soße zum Probieren, und sie

war hellauf begeistert von diesem vorzüglichen Essen, sie konnte sich gar nicht beruhigen. Sie sagte: *„Das schmeckt ausgezeichnet, kannst mir noch einen geben, wie nennst du das Gericht?"*

„Semmelknödel mit frischen Pfifferlingen" antwortete Fred.

Elsbeth fragte Fred, *„Ob er bereit wäre, das Gericht auch für besondere Gäste zu kochen. Dafür könnten er und seine Freunde im Haus logieren und essen."* Fred sagte sofort zu, und der Deal wurde mit Handschlag besiegelt. Fred hatte somit einen Job.

Elsbeth nahm sich noch einen dritten Knödel mit „Schwammaln" und sagte zu Fred: *„Damit könnten wir das beste Gasthaus in Burghausen werden. Das Gericht servieren wir sonntags, denn da ist*

Fleisch verboten." Sie zwinkerte mit den Augenlidern.

Mittlerweile wurde es auch in der Gaststube voller. Kim beschwerte sich bei ihren Freunden, dass die Männer sie anstarrten. Das war kein Wunder, denn keiner von ihnen hatte jemals in seinem Leben eine Asiatin gesehen. Kim fragte Ed, *„Riechst du auch den grässlichen Körpergeruch der Männer?"* *„Natürlich",* antwortete Ed, *„Die haben wohl mit Körperhygiene nicht viel am Hut. Wir werden uns daran gewöhnen müssen. Ich vermute, die benutzen noch ein kleines Häuschen im Freien,"* und dabei kicherte er vor sich hin.

Alex, Ed, Kim und Fred, der wieder zu ihnen gestoßen war, saßen zusammen an einem Tisch und beratschlagten das weitere Vorgehen. Fred sagte: *„Fürs erste sind wir hier sicher und* haben eine Unterkunft, wenn auch kein First-Class-Hotel, aber eine Kammer, wo wir über Nacht bleiben können."

Kim sagte mit sorgenvollem Gesicht, „Sie sollten vorsichtig sein und um Himmels willen nicht die iPhones zeigen oder benützen, dass würde zu sehr auffallen."

„Zumindest kommt uns die einfältige Denkweise zugute," sagte Ed, „Die meisten haben bestimmt noch nie eine Schule besucht. Wir werden, um uns ein besseres Bild der Lage zu machen, die Leutchen vorsichtig ausfragen. Wir müssen einen Überblick bekommen, wie sich das öffentliche Leben abspielt und wer hier regiert."

[1]Fred hatte von Elsbeth erfahren, dass der Herrscher der Burg Herzog Heinrich XVI. von Bayern-Landshut sei, der dort mit seiner Gemahlin Margarete von Habsburg lebe.

Auf der Burg würden ständig große Feste mit vielen Adeligen abgehalten. *Elsbeth hofft, sagte sie, „Dass sie den Herrschern bald meine Speisen auftischen kann und eine Sonderstellung bekommen kann."*

---

[1] Picture: Wikipedia.org

„Ich habe ihr versprochen zu kochen, aber sie soll sagen, dass sie selbst gekocht hat. Sonst kommen wir vielleicht in Schwierigkeiten". Die vier Freunde zogen sich in ihre kleine Kammer zurück.

Die Kammer hatte vier Schlafstellen, einfache Strohlager mit Decken. Es gab noch zwei Holzstühle und einen Tisch, zwei Sitzkissen, ansonsten war die Kammer leer.

Es wurde langsam dunkel und die Vier entschlossen sich noch mal nach draußen zu gehen, um das mittelalterliche Leben zu erkunden.

Einige Öllampen brannten, spendeten ein diffuses Licht und der Stadtplatz hatte etwas Geisterhaftes. Es war noch viel los. Einige beladene Ochsenwagen rumpelten vorbei, und Reiter mit Schwertern waren zu sehen.

Gegenüber dem Hotel Post waren verschiedene Handwerker und Händler beschäftigt. Die Kinder bekamen den Eindruck von einer reichen Stadt, aber der Reichtum schien nur wenigen zu gehören.

Sie entnahmen aus Gesprächen: Der Adel sahnte am meisten ab, aber auch einige Bürger waren reich geworden, zum Beispiel, Seyfried, der Händler, der sein Geld mit Salz verdiente. Salz war die große Einnahmequelle der Stadtelite, es wurde auf der Salzach von Hallein nach Burghausen gebracht, und die Stadt war ein Umschlagplatz für das Salz. Es war für die meisten Leute unerschwinglich teuer. Die vier Freunde erfuhren einiges über die Ständeordnung.

Es gab drei Stände:

Zum ersten Stand gehörte der Klerus, also die Geistlichen.

Zum zweiten Stand gehörten die Adeligen, und den dritten Stand bildeten die Bauern, Handwerker und einfachen Bürger. Zu dieser Zeit waren rund 90% der Bevölkerung Bauern. Die katholische Kirche behauptete einen religiösen Führungsanspruch und hatte großen Einfluss auf das Leben der Menschen.

Ihr ideeller Anspruch, Nächstenliebe und Barmherzigkeit, wurde in der Realität konterkariert. Es herrschte eine nahezu rechtlose Lage und Willkür für den Großteil der Bevölkerung. Es gab strenge Gesetze und harte Strafen. Auch von brutalen Foltermethoden erfuhren die vier Freunde.

Das hörte sich alles nicht gut an, sie mussten sehr vorsichtig sein, um nicht mit der herrschenden Kultur in Konflikt zu geraten.

Sie schlenderten ziellos umher, bis sie zu einem Schmied kamen, der gerade ein Schwert im Feuer hatte, das interessierte natürlich Ed, der Mann aufmerksam zuschaute, wie er das Schwert bearbeitete. Drei seiner Gesellen, stellten Schlösser her, wie sie oben auf der Burg überall zu finden waren.

Ed sagte zu den anderen: *„Die Schlösser sind sehr einfach aufgebaut und von jedem einigermaßen handwerklich Begabten in null Komma nix zu öffnen. Vielleicht sollte ich den Leuten ein besseres Verfahren aufzeichnen, das ist ja zum Lachen, was die da machen. Das sind ganz einfache Vorhängeschlösser. Da gibt es zum Beispiel das relativ einfache aber zuverlässige ‚Chubb Lock'. Vielleicht mache ich mir die Mühe und zeichne so eines auf Papier."*

Plötzlich erschrak Kim und flüsterte, *„Nehmt eure Uhren schnell ab und steckt sie in eure Taschen. Da drüben ist einem das wohl aufgefallen, denn er deutete auf uns. Unsere Armbanduhren mussten ja früher oder später auffallen."*

Ein nobel gekleideter Herr, besser gekleidet als alle anderen Leute, kam schnurstracks auf sie zu.

Er wollte von Fred wissen, wo er herkomme, *„Offensichtlich nicht aus dieser Gegend, nehme ich an."*

Fred antwortete gelassen, *„Da möge er wohl recht haben, wie er darauf käme."*

Der Mann antwortete: *„Ich bin immer an Neuem interessiert."* Er habe das Schmuckstück an Kims Arm bemerkt und sei neugierig, was es ist. Kim mischte sich in das Gespräch ein und sagte: *„Das ist ein Geschenk aus meiner Heimat und* die liegt sehr weit entfernt, es ist der Armreif meiner Mutter." Kim hatte unbemerkt die Uhr nach innen gedreht, und nur noch das Armband war sichtbar. Seyfried erwiderte: *„Es ist also unverkäuflich?"* Er entschuldigte sich und wollte gehen, als Fred ihn zurückhielt und fragte, ob er der Salzhändler Seyfried sei. *„Ja, sagte der Mann, der bin ich. Weshalb fragst du"?*

Fred druckste ein bisschen herum, bis er schließlich antwortete, *„Na ja, ich koche seit heute bei der Elsbeth und sie hat nur wenige Gewürze und sehr wenig Salz. Sie kann sich die teuren Gewürze nicht leisten, aber zum Zubereiten guter Speisen braucht man halt gute Gewürze. Könnten Sie mir möglicherweise etwas Salz überlassen, dafür koche ich für Sie, ich bin ein Spitzenkoch. Entschuldigung,* *das ist nur so eine Idee, ich will Sie nicht damit belästigen."* Seyfried fing an zu lachen und sagte: *„Du gefällst mir, so furchtlos, wie du mich ansprichst. Wenn ich ins Gasthaus zu Elsbeth komme, bringe ich das Gewünschte mit, abgemacht",* und er reichte Fred seine Hand. *„Wie heißt du überhaupt?"* Fragte Seyfried den Jungen, und Fred sagte ihm seinen Namen. Der Mann drehte sich um und verschwand amüsiert.

Die Kinder machten sich auf den Rückweg, denn es war schon spät geworden. *„Es muss schon nach 21 Uhr sein",* sagte Alex, *„Die Kirchenglocke hatte vor Kurzem neunmal geschlagen."*

Sie suchten ihre Kammer auf und analysierten den zurückliegenden Tag. Irgendetwas musste auf der Burg geschehen sein, als sie durch dieses Loch gestiegen waren. „Ich glaube", meinte Ed, „Wir haben das Beste aus unserer Lage gemacht. Wir haben eine sichere Unterkunft, haben sehr viel über das Leben hier erfahren und kommen ganz gut zurecht." „Ja", sagte Alex, „Fred hat sogar einen Job bekommen. Sicher wird er morgen den ganzen Tag voll beschäftigt sein. Seine Knödel haben einen mächtigen Eindruck hinterlassen."

Kim war mit ihrem iPhone beschäftigt. Sie sagte zu den anderen, „Ich werde morgen früh etwas länger in dieser ‚komfortablen' Kammer bleiben, bis ich herausgefunden habe, was es mit den iPhones auf sich hat." Sie schüttelte dabei ständig ihren Kopf.

Ed wandte sich an Alex: „*Hast du schon das prächtige ‚Nachtgeschirr' gesehen? Zumindest sind Deckel darauf, Hihi, das wird hoffentlich den schlimmsten Geruch etwas dämpfen.*" Sie lachten alle herzlich und versuchten es sich auf dem ungemütlichen Strohlager so gut wie möglich einzurichten.

Fred war sehr früh aufgestanden und aus der Kammer verschwunden, es musste so um sechs Uhr morgens gewesen sein.

In der Küche waren noch die beiden Knaben, welche das Feuer über Nacht nicht ausgehen lassen durften, damit beschäftigt, das Feuer wieder anzufachen. Er schickte sie nach Hause. Er gab jedem etwas Brot und Butter mit und die beiden waren glücklich und bedankten sich bei ihm. Fred begann sogleich die Zutaten für den Tag vorzubereiten, es sollte Schweinebraten mit Rotkohl und Semmelknödel geben. Als Elsbeth in die Küche kam, war sie damit einverstanden. Sie ließ ihn nicht eine Sekunde aus den

Augen, wollte alle seine Handgriffe beobachten und sich alles genau merken.

Alex und Ed kamen die Treppe von der Herberge herunter, schauten kurz in der Küche vorbei, und Elsbeth begrüßte beide herzlich. Sie machten sich in der Gaststube nützlich, fegten den mit Unrat übersäten Fußboden und stellten Tische und Bänke gerade. Aus dem Zapfhahn des großen Weinfasses an der hinteren Wand tropfte es ständig und auf dem Boden war schon eine große Lache entstanden. *„Das müsste dringend repariert werden"*, sagte Ed und hängte einen Eimer unter den undichten Hahn. Zumindest tropfte es jetzt nicht mehr auf den Boden. Der Zapfhahn musste abmontiert und neu abgedichtet werden. Das war nicht so einfach, denn das Fass musste zuerst umgelegt werden, damit der Wein nicht auslief.

Mit der Hilfe von Alex war das Problem in zwanzig Minuten behoben. Beide waren zufrieden.

Es war Samstag, und die Gaststube sollte erst nach dem zehnten Glockenschlag geöffnet werden. Sie hatten also noch ein bisschen Zeit und gingen hinaus, um das Treiben auf dem Stadtplatz zu beobachten.

Auf der Straße tummelte sich allerlei Volk, Edelleute auf Pferden, Handwerker beim Aufbau ihrer Stände, Kinder, die mit Reifen spielten, Bauern, die ihre Erzeugnisse feilboten. Außerdem gab es Ochsenkarren und Pferdefuhrwerke, beladen mit allerlei Zeug. Hunde und Katzen streunten umher, und in dunklen Ecken auch Ratten, die von den Menschen ignoriert wurden, und die Biester zeigten auch keinerlei Scheu. Es musste viele Krankheiten geben, aber dass Ratten Krankheiten übertragen können, wusste man zu dieser Zeit noch nicht. Die hygienischen Verhältnisse waren erbärmlich.

Ed sagte zu Alex: „Wir müssen aufpassen, dass wir uns keine Krankheiten einfangen, womöglich ist die Pest hier im Anmarsch! Ich habe Leute gesehen mit Beulen an Armen und im Gesicht, kein Wunder bei der Unsauberkeit. Hoffentlich bleiben wir hier nicht für den Rest unseres Lebens gefangen. Ich würde das nicht durchstehen." „Ja", ergänzte Alex, „Wir müssen einen Weg finden, um von hier wegzukommen, es wird uns schon irgendwie gelingen. Ich hoffe, dass das, was uns *hierhergebracht hat, auch in der Lage ist, uns wieder zurück zu bringen. Wir dürfen die Hoffnung nicht verlieren. Ich denke, es war kein Zufall, der uns hierher versetzte."*

Kim war noch in der Kammer und froh, dass die Jungen schon weg waren und sie Zeit für sich alleine hatte, denn es war ihr sehr unangenehm, sich im Beisein der jungen Männer zu waschen und zu pflegen. Auch das Nachtgeschirr war ungewohnt. *„Es ist, wie es ist, auch das werde ich überleben"*, sagte sie zu sich selbst.

Nachdem sie ihre Hygiene beendet hatte, widmete sie sich ihrem iPhone.

Die iPhones funktionierten, nur die Zeit war eingefroren und stand noch immer. Die Uhren zeigten den Zeitpunkt an, als sie durch das Loch gestiegen waren.

Kim stellte fest, dass es möglich war, untereinander FaceTime, WhatsApp und Messages zu benutzen. Es gab Wi-Fi, also eine Internetverbindung, bloß das Netzwerk war ihr nicht bekannt, da hatte wohl jemand ihr iPhone gehackt und die Einstellungen manipuliert, aber wer und warum? Weiter fand sie heraus, dass die Batterie ihres iPhones zu 100 % geladen war, obwohl sie die Taschenlampe mindestens eine Stunde angehabt hatte, als sie durch die Gänge gelaufen waren. Dies war sehr ungewöhnlich, denn der Batterieverbrauch ist normalerweise bei Benutzung der Taschenlampen-Funktion extrem hoch und bringt die Batterie schnell in den roten Bereich der Ladekapazität. Zu ihrem Erstaunen war die

Batterie immer noch vollgeladen!

Kim machte einen Test, schickte Alex eine SMS und hoffte, dass niemand das Bimmeln des iPhones bemerkte. Alex erschrak, als er die Nachricht empfing. Glücklicherweise war es so laut um ihn herum, dass es niemand mitbekam.

Er ging in den Durchgang zur Küche, da war niemand, und er konnte die Message von Kim öffnen. Sie schrieb, was sie herausgefunden hatte und bat ihn und die anderen, die iPhones auf „silent" und „vibration" zu stellen, damit kein Fremder von ihren Nachrichten erfahre.

Es ging langsam auf Mittag zu, der Gastraum war voll besetzt, alle wollten Freds Knödel bestellen, denn es hatte sich in Windeseile herumgesprochen.

Fred hatte alle Hände voll zu tun und in der Küche herrschte Chaos. Die Helfer in der Küche waren es nicht gewohnt, so viel Essen auf einmal zuzubereiten.

Fred managte es großartig und stellte die Gäste zufrieden, auch wenn einige länger als sonst auf das Essen warten mussten. Ein jeder war begeistert. Die Essmanieren der Einheimischen waren gelinde gesagt gewöhnungsbedürftig, jeder rülpste, ließ den Winden freien Lauf und wischte sich mit dem Hemdsärmel den Mund ab. *„Grauslich"*, sagte Ed zu Alex, *„Was für ein schlechtes Benehmen!"*

Plötzlich ereignete sich etwas auf der Straße, ein Gekreische wie auf einem Rockkonzert war zu hören. Alex, Ed und auch Kim, die inzwischen zu den beiden gestoßen war, rannten zusammen mit den Gästen zur Tür, um zu sehen, was es mit dem Krach auf sich hatte.

Über den Stadtplatz rumpelte ein Ochsengespann mit einem Käfig auf der Ladefläche. Hinter dem Gefährt rannten viele Kinder. Der komplette Zug von Menschen, die dem Wagen folgten, bestand aus einigen Hundert. Die Menge schrie und johlte und hatte offenbar einen Riesenspaß. Die Kinder bewarfen ein Mädchen, welches in dem Käfig eingesperrt war mit Unrat. Das Mädchen war ungefähr 15-16 Jahre alt. Es weinte fürchterlich und je mehr es weinte, umso mehr kreischte die Schar der Hinterherlaufenden.

„Was für ein unmenschliches Verhalten, sagte Kim, *„Das arme Mädchen, was muss sie alles aushalten. Wir müssen* *herausfinden, was sie in diese missliche Lage gebracht hat."* Die anderen Drei waren auch aufgebracht über eine solche Misshandlung. *„Das hat kein Mensch verdient, egal was er verbrochen hat. „Grausam und entwürdigend,"* meinte Kim und fing zu weinen an. So etwas hatte noch keiner von den Vieren gesehen und alle waren zutiefst erschüttert.

Der Zug setzte seinen Weg fort, vorbei an der Pfarrkirche in Richtung Torbogen der Grübengasse.

Dort wurde das Mädchen aus dem Holzkäfig geholt und in einen, einem Vogelkäfig ähnlichen Eisenkäfig gesperrt. Die Menge kreischte und johlte weiter.

Ein Geistlicher stellte sich vor den Käfig und sprach zu der Menge:

„Dieses missratene Geschöpf hat sich der Hexerei schuldig

gemacht, ich habe es mit eigenen Augen gesehen, sie hatte den bösen Blick und beschimpfte die Obrigkeiten und den Klerus. Sie machte die Obrigkeiten für ihr niedriges Leben verantwortlich. Das ist Gotteslästerung und Frevel und dafür muss sie auf dem Scheiterhaufen sterben. Die Hexenverbrennung wird für morgen, nach dem Kirchgang, angeordnet."

„Der erhabene Herzog Heinrich XVI hat das Urteil bereits unterschrieben." Und er zeigte das Dokument im Kreise herum, damit es alle sehen konnten „Ob die Menschen es auch lesen konnten, wage ich zu bezweifeln", kommentierte Alex das Ereignis.

Die anderen waren auch der Meinung, dass das zum Himmel stinke und dass sie etwas dagegen unternehmen sollten.

Ed hatte die zündende Idee: *„Wir warten bis zur Dunkelheit, dann schleichen wir uns zu dem Käfig. Vielleicht bekommen wir ja was von dem armen Mädchen heraus, und können ihr helfen."*

Mittlerweile hatte man den eisernen Käfig nach oben zum Torbogen der Grübengasse gehievt.

Sie wandten sich voller Ekel von dem Geschehen ab, denn die Kinder bewarfen die junge Frau im Käfig noch immer und beschimpften und verfluchten sie. *„Hexe, Hexe!"* Riefen sie fanatisch.

Die Vier gingen zurück zum Gasthaus und trafen auf Elsbeth, die verstört war und bitterlich weinte. Kim fragte sie, was denn los sei und Elsbeth antwortete: *„Das beklagenswerte Mädchen ist Margaret die Tochter von* *meiner besten Freundin Gertrud. Gertrud hat gesagt, nichts von den schlimmen Anschuldigungen sei wahr, alles sei frei erfunden."* Aber nichts könne das Urteil aufhalten oder rückgängig machen. Der Herzog Heinrich XVI. habe das Dekret unterschrieben. Das Recht ist immer auf der Seite der Herrschenden, wir kleinen Leute sind immer die Verlierer."

Alle vier hörten ihr zu und trösteten sie, so gut es ging.

Selbst, wenn jemand den gegenteiligen Beweis erbringen würde und es Herzog Heinrich XVI. vortragen würde, es würde nichts an dem Urteil ändern. Die Angehörigen des Klerus hätten immer recht, denn ein anderes Urteil würde den Stand der Priester und das hohe Ansehen der Kirche untergraben. Das würde selbst Heinrich XVI. nicht tun.

Es sah traurig aus für das arme Mädchen. Trotzdem wollten die Vier nichts unversucht lassen und hielten an ihrem zuvor gefassten Plan fest.

Sie wollten warten bis zur Dunkelheit, und gingen erst einmal in ihre Kammer und waren sehr niedergeschlagen.

Mittlerweile strömten auch die schaulustigen Gäste zurück in die Wirtschaft, zu ihrem kalt gewordenen Essen.

Fred ärgerte sich und war frustriert: *„Ich habe mir so viel Mühe gemacht, um diesen ‚Barbaren' etwas Anständiges zu kochen, und die Deppen lassen es kalt werden. Solche Banausen."*

Er konnte sich gar nicht beruhigen, denn mit seiner Liebe zu gutem Essen und zum Kochen war das nicht vereinbar. Fred beschloss, nur noch der Elsbeth zu liebe in der Küche zu helfen, damit sie ihren Unterhalt verdienten, aber auf keinen Fall wollte er noch mehr von seiner Kochkunst preisgeben: *„Genug ist Genug!"*

Es war dunkel geworden, und nur einige Öllampen gaben ein diffuses Licht ab. Die Vier schlüpften leise aus dem Haus und gingen zum Torbogen, wo Margaret gefangen saß. Als sie dort ankamen, war niemand zu sehen, der Wachposten war nirgendwo zu sehen. *„Das ist gut"*, flüsterte Alex. Sie blieben im Dunkeln und riefen leise nach oben, wo Margaret im Käfig saß und sicher bitterlich fror, denn es war schon ziemlich kühl an diesem Novemberabend.

Ed dachte zornentbrannt: *„Ich drehe jedem einzelnen den Hals um, der das verbrochen* hat, so ein gemeines hinterhältiges Gesindel."

Kim rief hinauf: „Margaret, hör mal! Wir sind Freunde von Elsbeth. Du kannst uns vertrauen." Fred warf ihr eine Decke, die er aus der Kammer genommen hatte, hinauf. „Hier, häng dir das um, das schützt vor dem kalten Wind. Nun erzähle uns aber, wie es zu deiner Verhaftung kam!"

Margaret antwortete ihnen nach einer Weile unter Schluchzen. „Ich war alleine in der Kirche, und musste den Boden wischen. Ich bemerkte, dass sich mir jemand von hinten näherte, es war Gerold der Priester. Er forderte mich auf, ihm in die Sakristei zu folgen. Dort sollte ich mein Kleid ausziehen, und er fing an, mich zu befummeln. Ich flehte ihn an, er solle damit aufhören, aber er wurde immer aufdringlicher und ich musste mich heftig wehren. Ich riss mich los und trat ihm zwischen die Beine, dann ließ er von mir ab und ich konnte weglaufen." Er schrie hinter mir her: „Du kleines Biest, das wirst du mir büßen, du verdammte Hexe."

„So schnell ich konnte rannte ich, zum Haus meiner Mutter und erzählte ihr, was vorgefallen war. Meine Mutter sagte: „Du armes Kind, wir müssen dich verstecken", aber es war leider zu spät. Die Schergen standen schon vor der Tür. Sie haben mich in den Käfig gesperrt und auf die Burg gebracht."

„Dort oben wurde ich von dem Priester Gerold beschuldigt, der aber dem Herzog Heinrich XVI gegenüber behauptete, ich habe versucht, ihn mit dem bösen Blick zu verhexen. Ich sagte, es sei ganz anders gewesen, aber ich durfte noch *nicht mal meine Version erzählen, ich wurde sofort unterbrochen und geschlagen. Man hat mich zwei Tage im Kerker gefangen gehalten, bis ich in dem Käfig auf dem Wagen hinunter zu Stadt gefahren wurde. Den Rest habt ihr ja mit eigenen Augen gesehen. Mein Gott, was habe ich bloß verbrochen?"*

Kim antwortete ihr: *„Du hast gar nichts verbrochen. Du bist unschuldig!"* Sie flüsterte: *„Ich habe schon einen Plan, wie wir dich aus deiner misslichen Lage befreien können. Was immer auch passiert, wir sind auf deiner Seite. Wir müssen dich jetzt verlassen, es ist zu gefährlich. Kannst du diese Nacht noch überstehen?"* *„Ja"* sagte sie, *„Ihr seid gute Menschen. Ihr seid nicht von hier, oder?"* *„Nein"* antwortete

Kim, *„Da wo wir herkommen, ist so etwas undenkbar."*

Die Vier verließen den unrühmlichen Ort und gingen zurück zum Gasthaus. Dort wartete schon Elsbeth und wollte wissen, was sie erfahren hatten. Fred erzählte ihr die wahre Geschichte und fügte hinzu, dass sie das Mädchen aus dem Käfig befreien wollten.

Wir haben noch die ganze Nacht Zeit. *„Wir werden uns etwas einfallen lassen, das verspreche ich dir."*

Danach verschwanden sie auf ihre Kammer und Kim schilderte ihren Plan.

Meine Idee ist folgende: *„Glücklicherweise haben wir unsere iPhones dabei, und in meiner Umhängetasche ist ein Bluetooth-Lautsprecher, der bei meinem Plan eine wichtige Rolle spielt. Ed hat eine tiefe Stimme und spricht auf* *mein iPhone, und ich werde das Gesprochene, inklusive der Spezialeffekte, in iTunes konvertieren und eine Datei erstellen. Diese werde ich dann über den Bluetooth-Lautsprecher abspielen lassen. Wir platzieren den Lautsprecher heute Nacht in der Kirche, am besten in der Nähe der Orgel. Ich vertraue der sehr guten Akustik in der Kirche, darauf basiert mein Plan."*

Die drei Jungen waren von dem Plan begeistert. Sie machten sich an die Arbeit. Ed besprach Kims iPhone. Danach zog sie sich in eine ruhige Ecke zurück und arbeitete fieberhaft an ihrem Gerät.

Nach einer Weile hatte sie alles fertig. Sie machten einen Test, der positiv verlief. Jeder war überzeugt, dass der Plan gelingen würde. Sie waren sehr aufgeregt und voller Tatendrang. Welch ein Abenteuer!

„Wer von euch traut es sich zu, den Bluetooth-Lautsprecher in der Kirche anzubringen", fragte Kim. Alex meldete sich sofort: *„Ich werde es tun, und ihr könnt euch auf mich verlassen."*

Alle waren in die Kirche geströmt. Es waren viel mehr Leute als sonst. Viele wollten dabei sein, wenn nach dem Gottesdienst der Scheiterhaufen angezündet würde. Das war für die meisten Menschen eine Abwechslung von ihrem Alltag und einige fanden es aufregend, einer Hexenverbrennung beizuwohnen. Sie würden heute aber etwas ganz Anderes erleben, was sie ihr Leben lang nicht mehr vergessen dürften.

Die vier Freunde waren schon sehr früh mit Elsbeth in die Kirche gegangen. Sie setzten sich in die hinterste Reihe ganz links außen. Kim saß am Gang, da war die Gefahr am geringsten, dass sie beobachtet wurde.

Der Gottesdienst begann, nachdem die Glocken aufgehört hatten zu läuten.

Die Priester und die Messdiener durchschritten den Gang und nahmen in der ersten Reihe Platz.

Die Messe nahm ihren Verlauf. Als der Priester Gerold die Kanzel bestieg und mit seiner Predigt beginnen wollte, hielt er abrupt inne.

Denn plötzlich war ein ohrenbetäubendes „Gewitter" in der ganzen Kirche zu hören, ein tiefes Donnergrollen erschallte. Es ging ein Raunen durch die Menge, und dann wurde es still. Eine tiefe laute Stimme war im ganzen Kirchenschiff zu hören:

„DU, GEROLD, WAGST ES, IN MEINEM NAMEN ZU MEINEN GLÄUBIGEN ZU SPRECHEN? DAS ERLAUBE ICH NICHT, DENN DU

HAST DICH SCHULDIG GEMACHT.
ICH ENTZIEHE DIR SOFORT DAS
MANDAT, IN MEINEM NAMEN ZU
SPRECHEN. ZIEHE SOFORT DEINE
PRIESTERROBE AUS UND VERLASSE
AUF DER STELLE DIESES HAUS.

ES IST DIR VON NUN AN
VERBOTEN, DIESE STADT JEMALS
WIEDER ZU BETRETEN.

DU HAST MEINEID BEGANGEN UND
DAS UNSCHULDIGE MÄDCHEN
MARGARET EINER TAT
BESCHULDIGT, DIE SIE NICHT
BEGANGEN HAT.

DU „GEROLD" BIST DER
ALLEINIGE SCHULDIGE.

NUN VERSCHWINDE AUS MEINEM
HAUS.

UND IHR, MEINE GLÄUBIGEN
KINDER, BEFREIT SOFORT DAS ZU
UNRECHT ZUM TODE VERURTEILTE
MÄDCHEN, SIE STEHT UNTER
MEINEM SCHUTZ! WAGE NIEMAND
MEHR, SIE ZU BELÄSTIGEN."

Es folgte erneut ein tiefes
Donnergrollen!

Dann wurde es plötzlich mäuschenstill in der Kirche.

Gerold riss sich die Robe über den Kopf, warf sie auf den Kirchenboden, stolperte dabei und verschwand so schnell er konnte durch die Seitentür der Kirche.

Durcheinander und Schrecken brach in der Gemeinde aus, und die Kirchgänger rannten zum Haupteingang hinaus, um Margaret aus dem Käfig zu befreien.

Viele fielen auf die Knie und beteten.

Es gab andere, die den geächteten und durch „GOTT" seines Amtes enthobenen Priester gnadenlos verfolgten.

Es war ein befriedigendes Gefühl, das die vier Freunde empfanden, als sie sahen, wie Margaret aus dem Käfig befreit wurde. Das Mädchen wurde auf Händen getragen, nicht wenige fielen vor ihr auf die Knie und baten um Vergebung. Sie verehrten sie wie eine Heilige.

Margaret wusste nicht, ob sie träumte oder ob sie wirklich dem Tod entronnen war. Sie war überglücklich und weinte heftig.

Jetzt erblickte sie auch die drei Jungen und das Mädchen vom Vorabend und ihr Instinkt sagte ihr, dass diese das Unmögliche möglich gemacht hatten. Sie wusste nur nicht wie.

Sie viel in Kims Arme und ließ ihren Tränen freien Lauf.

Der Scheiterhaufen wurde abgebaut. Die Menge sang Kirchenlieder, und dann wurde es immer mehr zu einem Volksfest.

„Das wird wohl keiner jemals wieder vergessen", sagte Alex. *„Kim, das hast du gut gemacht, Bravo! Ich hätte nicht*

gedacht, dass dein Plan so perfekt funktionieren würde. Es klang zwar alles blechern aus dem Bluetooth-Lautsprecher und die Akustik hat das Ganze noch verstärkt. So etwas hatten die Menschen hier noch nie zuvor gehört. Für alle die in der Kirche waren, hatte ‚Gott‘ zu ihnen gesprochen. Das war sehr eindrucksvoll inszeniert…Kim, du hast ein Menschenleben vor dem sicheren Tod bewahrt. Die Leute sollten eigentlich dir ein Loblied singen. Das war großartig," sagte Ed und lachte. Kim war gerührt und winkte bescheiden ab: „Dass es so gut funktionierte, verdanken wir alleine der tollen Akustik im Kirchenschiff St. Jakob."
Alex fiel ein: „Ich werde heute Nacht nochmals in die Kirche schleichen, um das Beweisstück zu sichern, denn

den Bluetooth-Lautsprecher darf keiner finden."

„Danke, dass du das tust", sagte Kim, „Den möchte ich gerne wiederhaben, denn der war teuer, er hat mich ganze 16 Euro gekostet und ich habe ihn erst heute Morgen gekauft."

„16 Euro sind nicht viel, wenn man damit einen Menschen vor dem Tod bewahren kann," erwiderte Alex, „Das war der beste Kauf, den du jemals gemacht hast." Die Freunde fingen lauthals an zu lachen! Jeder empfand ein Gefühl des Glückes und der Erleichterung. Am gleichen Tag lud Elsbeth im Auftrag des Gastwirtes Siegmund von Burghausen, für welchen sie arbeitete, alle Beteiligten zu einem Festmahl in das Gasthaus ein. Alex sagte zu Elsbeth: „Deinen Herrn Gastwirt haben wir noch nicht gesehen, seit wir hier *sind."* Elsbeth erklärte, er komme immer nur am Sonntag nach dem Kirchgang zum Essen. Er sei ein viel beschäftigter Herr und kümmere sich um die Interessen der Zünfte. Er wolle die Lebensbedingungen der Menschen in Burghausen verbessern. *„Das ist sehr lobenswert"*, antwortete Fred, *„Denn die Bedingungen, unter denen ihr arbeitet, sind nicht gerade die besten. Es ist nicht selten, dass ihr 12-14 Stunden arbeitet! Das habe ich selbst erfahren."*

Margaret wurde von ihrer Mutter Gertrud und ihrem Bruder Rupert zu ihrem Haus geleitet, denn sie wurde immer noch von vielen Menschen umringt, die sie wie eine Heilige verehrten. Es war schwierig, sie loszureißen. Margaret war nahe einem Zusammenbruch. Sie war von den Strapazen der letzten Tage ziemlich mitgenommen. Das war wirklich zu viel, was sie in ihrem jungen Leben hatte ertragen müssen.

Mittlerweile hatte sich das Gasthaus gefüllt, und es waren auch Leute ohne Einladung gekommen und wollten an dem Festmahl teilhaben. Elsbeth und der Gastwirt Siegmund ließen alle ein und gaben Freibier für alle aus, auch für diejenigen, die keinen Platz mehr in der Gaststube gefunden hatten und vor dem Haus saßen. Alle sollten bewirtet werden und diesen Tag genießen, den Alltag vergessen. Denn diesen Tag, als „Gott" zu ihnen gesprochen hatte, werden sie nie vergessen

In der Küche herrschte Hochbetrieb, es waren mehr als zehn Leute beschäftigt und hatten alle Hände voll zu tun.

Fred durfte das Getümmel in der Küche beaufsichtigen. Er gab Anweisungen, was jeder zu tun hatte. Es gab Schweinsbraten mit Kruste in einer köstlichen dunklen Bier Soße und dazu die schon berühmten Semmelknödel mit Blaukraut.

Jeder in der Gaststube war voll des Lobes, sie rülpsten nach dem Essen und gaben ihren Blähungen freien Lauf, so wie sie es gewohnt waren.

Kim sprach Alex an: *„Schau mal, wer da zur Tür hereinkommt, das ist doch Seyfried, der Salzhändler, oder?"* „Ja" sagte Alex, ging auf Seyfried zu und begrüßte ihn herzlich: *„Sie kommen bestimmt, um Fred zu besuchen, oder?"* „Ja", sagte er, *„Das ist wohl wahr, ich möchte ihm seine dringend benötigten Ingredienzien bringen, aber ich würde auch gerne seine* berühmten *Knödel probieren, wie heißen die noch?"*

„*Semmelknödel*", antwortete Ed, lief in die Küche und holte Fred. „*Der wird sich aber freuen*", dachte er. Beide kamen sofort zurück, Fred hatte ein Lächeln auf dem Gesicht und sagte zu Seyfried, „*Ich hätte nicht gedacht, dass sie wirklich hierherkommen, aber ich bin froh darüber. Hier ist mein heutiges Menü.*" Er stellte den prall gefüllten Teller vor ihm auf den Tisch und sagte, „*Der Herr möge es sich wohlschmecken lassen.*"

Seyfried machte sich über den Teller her, rülpste und war voller Bewunderung.

Er schickte einen seiner Burschen hinaus, und der kam mit einem prall gefüllten Sack Salz wieder zurück und trug diesen in die Küche.

Es war ein Riesentrubel im Gasthaus, und man konnte sein

eigenes Wort nicht verstehen, Seyfried rief Fred zu: *„Das war ein köstliches Mahl! Ich werde euch immer Salz und Gewürze liefern, solange ich diese einzigartigen Knödel, … wie heißen die gleich wieder? Sonntags zu essen bekomme."*

Der Gastwirt Siegmund sagte zu ihm, er sei jederzeit ein herzlich willkommener Gast, und Elsbeth fügte hinzu: *„Wir bedanken uns, edler Herr!"*

Es kamen immer mehr Leute aus allen Ständen, und alle waren in guter Stimmung; es spielten Musikanten und es wurde eine Menge Wein und Bier getrunken.

Alex dachte: *„Die können aber viel vertragen."*

Fred war wieder zurück in die Küche gegangen, um nach dem Rechten zu sehen. Alex, Ed und Kim unterhielten sich noch lange mit Seyfried, er gab bereitwillig Antwort auf alle ihre Fragen. Seine Zunge war bald schon gelöst vom Wein. So erfuhren die Drei vom Geschehen in der Burg, wo er schon des Öfteren eingeladen war. Er erzählte, dass letzte Woche Ludwig *„Der Gebartete"*, Herzog von Bayern-Ingolstadt, als Gefangener auf die Burg zu Burghausen gebracht worden war. Dessen Sohn Ludwig *„Der Bucklige"* hätte ihn an Herzog Heinrich XVI verraten. Die Hintergründe kenne er nicht, er wüsste nur, dass der Mann im Kerker sitze.

Das habe mit dem Niederreißen der Burg Törring im Jahre 1421 zu tun. Deren Besitzer hatte sich, angestachelt von des Herzogs Heinrichs Rivalen Ludwig *„Dem Gebarteten"*, gegen die Stadt Burghausen verschworen.

„Heinrich XVI" belagerte daraufhin mit einer großen Anhängerschar aus Burghausen, Reichenhall, Altötting und

Braunau die Burg Törring, stürmte, plünderte und brannte sie nieder. Man nahm sogar die Steine mit und verwendete sie zum Ausbau der Burg zu Burghausen.

Der Herzog verschenkte mehrere Häuser als Dank. *„Ich war auch unter den Glücklichen."*

Der Salzhändler berichtete weiter, dass sich der Streit mit Ludwig und seinem Bruder Heinrich über Jahrzehnte hingezogen hat. Aber nun sitze der Verräter endlich im Kerker.

Er, Seyfried sei auch bei den seit 1430 regelmäßig abgehaltenen Landtagen der niederbayrischen Stände aus dem Herrschaftsbereich des Herzogs seit letztem Jahr vertreten.

Er versprach, bei seinem nächsten Treffen am Hofe, Fred, den Meisterkoch dort zu empfehlen. Solche köstlichen Speisen dürften dem Herzog Heinrich XVI. und seiner Gemahlin, Margarete von Habsburg auf keinen Fall vorenthalten werden, das sollten sie dem Fred mitteilen. Er stand dann auf, verabschiedete sich höflich und schritt etwas schwankend aus der Tür.

Kim sagte: *„Na, der hat wohl etwas zu viel des guten Wein genossen, aber das Gespräch war sehr interessant." „Tolle Geschichten"*, sagte Alex. *„Sollten wir jemals wieder nach Hause kommen, werde ich das in den Chroniken der Stadt nachlesen." "Ja"*, sagte Ed, *„Das ist interessant, aber nur dann, wenn wir wirklich zu Hause ankommen."*

„Wir müssen aber Fred warnen, dass er nicht so dumm ist und eine Anstellung annimmt als herzoglicher Koch, denn der

Koch kommt immer bei den Burgfestspielen in Burghausen vor. Ihr wisst, was ich meine, denn dort wird der herzogliche Koch von „Heinrich XVI." bei lebendigem Leib in die Burg eingemauert, weil er ein Verhältnis mit der Frau Heinrichs hatte, so berichtet zumindest die Legende."

Als Fred aus der Küche kam, stürmte Alex sogleich auf ihn zu und erwähnte, was er gerade den anderen mitgeteilt hatte. Fred antwortete: *„Cool",* natürlich kenne ich diesen Part des jährlichen Burgfestspiels. Also keine Sorge!"

Kim bemerkte: „Fred, du machst einen müden Eindruck und siehst total geschafft aus."

Ja entgegnete Fred, *„Jetzt weiß ich auch, warum meine Mutter immer sagt: Besser, du lernst einen anständigen Beruf* *wie Anwalt oder so etwas. Sie hat nicht Unrecht damit. Das ist hier wirklich sehr anstrengend, zumal man nicht, wie im Hotel Post eine hochmoderne Küche zur Verfügung hat."*

Langsam leerte sich der Gastraum und bald darauf waren sie fast alleine und konnten sich ungestört unterhalten.

Jetzt kam noch jemand zur Tür herein. Es war Margaret, gefolgt von ihrer Mutter Gertrud und ihrem Bruder Rupert. Margaret war nicht wiederzuerkennen, sie sah adrett aus, frisch gewaschen und frisiert und ein wenig erholt. Sie umarmte Kim und sagte leise zu ihr: *„Ich bin mir sicher, dass du etwas mit dem zu tun hast, was heute passiert ist. Freunde von uns waren in der Kirche und haben erzählt, dass „Gott" zu allen* gesprochen hat und dass ich deshalb befreit worden bin."

Sie fragte Kim, „Ihr kommt aus einer fremden Welt, nicht wahr?"

Kim sagte ganz leise, damit niemand es hören konnte, „Ja, aber du solltest das für dich behalten. Es darf niemals irgendwer davon erfahren, selbst deine Mutter und auch dein Bruder nicht, das bleibt ein Geheimnis zwischen dir und mir, versprochen?"

Margaret umarmte Kim erneut, drückte sie ganz fest und sagte unter Schluchzen zu ihr: „Es bleibt unser Geheimnis, wer immer ihr auch seid oder herkommt. Ich danke euch von ganzem Herzen."

Margaret, ihre Mutter samt Bruder Rupert bekamen noch vom Rest der Speisen aus der Küche, die ihnen Fred und Elsbeth holten.

Sie saßen noch eine Weile zusammen, und dann verabschiedeten sie sich und machten sich auf ihren Weg nach Hause.

Draußen stand ein Nachtwächter und sagte zu ihnen, er werde sie begleiten bis sie bei ihrem Haus wären. Zu viel Gesindel treibe sich nachts draußen herum. Margaret war eine solche Fürsorge nicht gewohnt. Sie musste die Hilfe aber annehmen, weil sie erkannte, dass sich ihr Leben grundlegend verändert hatte. Sie akzeptierte es und genoss ihren neuen Status. Sie sagte zu sich selbst, *„Es muss wohl so sein, werde nicht übermütig und versuche den Schwachen zu helfen, wo immer es möglich ist."* Also machten sie sich in Geleitschutz auf den Heimweg.

Nun war niemand mehr im Gastraum, nur die vier Freunde. Sie saßen zusammen, plauderten und ließen den Tag Revue passieren.

Alex sagte zu den anderen: *„Ich mache mich jetzt auf den Weg in die Kirche, um den Bluetooth-Lautsprecher zu holen"*, schon war er in der Dunkelheit verschwunden.

An der Kirche angekommen, stellte er zu seinem Entsetzen fest, dass die Sankt Jakobs Kirche heller von innen strahlte, als er es in Erinnerung hatte.

„Was geht hier vor?" Dachte er, *„Das Licht war doch nicht so hell als ich den Lautsprecher in der letzten Nacht da platziert habe"*.

Er ging auf das Haupttor zu, öffnete es einen Spalt, und zu seinem Erstaunen war das Kirchenschiff mit Hunderten von Kerzen erleuchtet. Zahlreiche Priester und Würdenträger der Stadt waren versammelt und beteten laut und priesen Gott, den Allmächtigen!

„Jetzt habe ich ein Problem", sagte er zu sich selbst, *„Da komme ich niemals unbemerkt hinein. Ich muss das auf morgen verschieben und mit den anderen besprechen."* So ging er zurück und traf die anderen Drei in ihrer Kammer.

Ed schilderte, was in der Kirche passierte, und sagte: *„Sorry, wir müssen uns etwas einfallen lassen."*

Er hatte nach einigem Überlegen eine Lösung parat: *„Die einzige Möglichkeit ist Margaret. Wir bitten sie morgen früh zu uns, dann werde ich ihr erklären, was ich vorhabe. Ich hoffe sie versteht das."* Kim sagte, nachdem Alex erklärt hatte, was er vorhatte, dass Margaret gewiss zustimmen würde. *„Wir müssen ihr nur erklären, um was es für uns geht. Und jetzt*

*lasst uns schlafen, ich bin
hundemüde."* „Wir auch,"
meinten die anderen.

Ein neuer Tag.

Kim schickte einen kleinen Jungen mit der Nachricht zum Haus von Margaret, um sie zu bitten, zu ihnen zu kommen. Kurze Zeit später war sie schon bei ihnen.

Sie war ganz aufgeregt und sagte, *„Ihr werdet es nicht glauben, aber der Baumeister von Burghausen war heute persönlich mit seinen Gesellen bei uns. Er sagte meiner Mutter, er habe einen Auftrag von den Oberen der Stadt. Sie hätten noch gestern Abend entschieden, es sei unwürdig für Margaret, in solch einer primitiven ‚Hütte' zu wohnen. Sie wollten diesen Zustand ändern und der Familie ein neues Haus bauen. Er sagte, es würde eins, zwei Monate dauern, er selbst würde den*

Bau überwachen. Meine Mutter war sprachlos, sie dankte ihm stotternd." Er entschuldigte sich, er habe viel zu tun; dann verschwand er mit den Gesellen in Richtung Stadt, *„Was sagt ihr dazu?"* fragte Margaret, *„Wie schnell doch Menschen ihre Meinung ändern!"* Erwiderte Kim kopfschüttelnd, *„Die haben alle ein schlechtes Gewissen und wollen alles wiedergutmachen. Es muss sie doch schwer belasten, was sie getan haben."*

Dann wandte sich Kim an Margaret: *„Du wirst dich daran gewöhnen müssen. Sie werden von jetzt an alles tun, um ihre Schuld reinzuwaschen, zu sühnen. Nutze das klug, du hast jetzt Gelegenheit, dich in allen Kreisen zu bewegen und was noch besser ist, du kannst Forderungen stellen. Ich rate dir als Erstes, die Bibliotheken der Gelehrten zu* nutzen, lasse dich von ihnen in Lesen und Schreiben unterrichten. Wende das Gelernte an, um die Kinder aller Stände zu unterrichten. Das wäre eine große Aufgabe für dich und ich bin überzeugt, es wird dir gelingen.

Du könntest Kindern eine neue Welt eröffnen, um eine bessere Zukunft zu haben. „Danke", sagte Margaret, „Ich werde es mir überlegen. Was aber kann ich für euch tun, weshalb habt ihr mich gerufen?"

Alex sprach nun: „Margaret, wir brauchen deine Hilfe. Ich kann dir nicht sagen, um was es genau geht, nur so viel, wir müssen unbedingt etwas aus der Kirche holen, was wir gestern Abend nicht mehr geschafft haben. Es ist sehr wichtig für uns, sonst kommen wir in große Schwierigkeiten."

Margaret sagte: „Ich will nicht wissen, warum und wieso, für mich zählt, dass ich euch helfen kann, denn ihr habt mir viel Gutes getan, obwohl ich nicht verstehe, wie ihr das gemacht habt." Alex sagte: „Es ist auch nicht wichtig, dass du es verstehst, es würde dich nur unnötig belasten, vertraue uns einfach, das ist das Beste für alle."

„Ich werde dir erklären, was du tun kannst!"

Alex erklärte Margret, „Dass sie in die Kirche gehen und den Priestern, welche sich in großer Zahl darin aufhalten, sagen solle, dass sie, und zwar alleine, mit ‚UNSER ALLER HERRN' reden müsse. Jeder solle die Kirche für einige Zeit verlassen, solange wie ihr Gespräch dauere."

„Ich werde dich bis zur Kirche begleiten. Dann trennen wir uns, du gehst hinein, *sprichst mit den Priestern und wenn du alleine vor dem Altar bist, bete so laut du kannst. Unser Herr im Himmel wird dich schon hören und er wird dich verstehen. Möglich, dass er persönlich mit dir spricht.*

Das ist alles, was du tun musst. Die Priester werden es gestatten.

Ich werde dann draußen auf dich warten, du kannst dir ruhig Zeit lassen. Hast du alles verstanden?" Fragte Alex. „Ja", sagte sie, „ich bin bereit." Alex fügte hinzu: „Wir warten, bis es dunkel ist, dann gehen wir los."

So nahmen die Dinge ihren Lauf, es lief alles so ab, wie sie es geplant hatten, ohne auch nur den geringsten Zwischenfall.

Alex und Margaret Verliesen gemeinsam den Kirchplatz und gingen zurück ins Gasthaus, das war ja die ‚Zentrale‘, wie Ed immer sagte.

Alle waren versammelt und riefen durcheinander: *„Hat es geklappt?"* *„Ja"*, sagte Alex, *„Es ist alles gut verlaufen."*

Sie wollten gemeinsam Margaret nach Hause begleiten, aber der Nachtwächter ließ sich seine Aufgabe nicht nehmen.

Wieder war ein langer Tag zu Ende gegangen und Kim meinte: *„Es wird jetzt langsam Zeit, dass wir unsere eigene Situation in Angriff nehmen. Ich bin müde, lasst uns das morgen tun, Okay."*

Mitten in der Nacht erschrak Alex fürchterlich. Das iPhone in seiner Hosentasche fing an zu vibrieren. Schlaftrunken und müde schaute er auf das Display. Er begann zu lesen, was da geschrieben stand. Er war sich nicht sicher, ob er wach ist oder träumt.

Auf dem Display stand geschrieben:

„Ihr habt uns so viel Freude bereitet und wir haben jede Sekunde eurer Abenteuer miterlebt.

Dafür danken wir euch. Entschuldigung, dass wir euch in diese Situation gebracht haben. Fragt nicht, wie das alles möglich ist; ihr würdet es nicht verstehen.

Wir, das sind: drei Jungen, Akkila, Ortan, Fistor und ein Mädchen mit Namen Yaccina.

Wir sind im gleichen Alter wie ihr und doch so unterschiedlich.

Ich, Akkila, sende euch jetzt den „Schlüssel" für euren Weg zurück und bitte euch nochmals um Verzeihung für das, was wir euch zugemutet haben. Was ihr habt erleben müssen und was bei uns eigentlich verboten ist. Wir vier haben mit euch gefiebert und waren wie ihr sehr aufgeregt.

Es war dennoch ein großes Unrecht, was wir euch angetan haben. Wir werden euch den Weg zurück ermöglichen."

Hier ist, was ihr tun müsst:

„Ihr müsst den gleichen Weg zurückgehen, durch den Seiteneingang der Kirche bis zurück zu der Leiter, durch die ihr hinabgestiegen seid, dann nach oben durch das ‚Wormhole' steigen, welches wir kreiert hatten. Ihr richtet eure Smartphones mit eingeschalteten Taschenlampen auf die Decke. Das Licht aller vier Lampen muss sich auf einen einzigen Punkt konzentrieren.

Den Rest übernehmen wir, das ist versprochen.

Den Zeitpunkt eurer Rückkehr könnt ihr selbst bestimmen. Ihr könnt jederzeit das

Mittelalter verlassen und in eure Zeit zurückkehren.

Wir bitten euch nochmals um Vergebung und danken gleichzeitig für das Abenteuer, welches wir miterleben durften. Ihr glaubt nicht, was für eine Freude ihr uns bereitet habt.

Wir bleiben in Kontakt. Alex, wenn ihr nicht zu böse auf uns seid, dann sende mir eine, wie ihr das nennt, ‚SMS‘, nachdem ihr in eurer Zeit angekommen seid.

Verzeiht uns, es war keine böse Absicht! Ich halte jetzt die ‚Line‘ für euch offen!"
AKKILA
Send from yxxserf"

Alex weckte sofort seine Freunde, nachdem er das gelesen hatte. Kim fragte, „Was gibt es so Besonderes, dass du uns mitten in der Nacht aufweckst?"

Alex sagte: „Ich habe eine wichtige Message erhalten. Hört gut zu!"

Er las vor. Fred, Ed und Kim waren sprachlos.

Kim sagte als Erste: „Ich hatte so etwas vermutet, da musste jemand manipuliert haben."

Alex fragte: „Was sollen wir tun, sofort aufbrechen." Ed erwiderte: „Lasst uns nichts überstürzen, wir können bestimmen, wann wir verschwinden. Wir haben so viel hier erlebt und es wäre nicht fair, wenn wir die uns lieb gewordenen Menschen so einfach verlassen würden.

Ich, zum Beispiel habe Bernhardt, dem Schmied versprochen, ihm eine Anleitung zum Bau neuer Schlösser zu bringen, und Ludwig, der Schreiner wird eine Zeichnung zum Bau eines Schubkarrens bekommen. Ich *möchte halten, was ich versprochen habe"*. Er fügte hinzu:

"Ist euch aufgefallen, welche schweren Säcke die Leute tragen?

Sie tragen alles auf ihren Schultern und nur extrem schwere Sachen werden mit Fuhrwerken transportiert.

Es ist so einfach, einen Schubkarren zu bauen. Der Schubkarren scheint hier unbekannt zu sein, obwohl es ihn, wie ich weiß, schon zu dieser Zeit in Frankreich und in anderen Ländern gibt.

Sogar in China ist die Schubkarre seit dem 11ten Jahrhundert bekannt, nur hier nicht."

Die anderen Drei stimmten ihm zu, ermunterten und baten ihn, seine Versprechen zu halten.

Also beschlossen sie erst einmal zu schlafen und alles Weitere in der Frühe zu besprechen. Die Kinder fielen sofort in einen ruhigen Schlaf. Am frühen Morgen setzten sich die Vier auf eine Bank vor dem Gasthaus. Es war ein sonniger und für die Jahreszeit recht warmer Tag mit gefühlten 16 -17 Grad.

Alex fragte Kim, „Ob auch sie noch etwas zu erledigen habe, bevor sie die Rückreise antreten". „Ja, ich möchte mich von Margaret und ihrer Familie verabschieden. Ich will Margaret noch einmal auf ihren neuen Status hinweisen. Sie ist sich bestimmt noch nicht bewusst, wie hoch ihr Rang tatsächlich ist. Ich denke, wenn sie will, kann sie viel für die Bildung der Leute, speziell für die Kinder tun.

Das Lesen und Schreiben ist bislang den hohen Herren vorbehalten, alle anderen sind Analphabeten. Margaret könnte das ändern! Sie müsste aber zuerst selbst lesen und schreiben lernen. Die Priester werden ihr keinen Wunsch abschlagen, denn sie sind tief beeindruckt von dem, was geschehen ist. Für sie ist Margaret wirklich von Gott gesandt.

Wenn sie etwas älter ist, könnte sie dann eine Schule aufbauen, dass würde eine ganze Generation total verändern.

Diesen Vorschlag werde ich ihr machen." Fred sagte: „Elsbeth kann auch nicht schreiben und lesen. Deshalb will ich von einigen Rezepten Arbeitsablaufskizzen zeichnen. Ich bin zwar kein guter Zeichner, aber es wird schon gelingen."

Alex sagte jetzt: „Ich möchte auch gerne den Leuten hier helfen, aber ich kann doch unmöglich irgendwelche

Formeln hinterlassen oder Versuchen zu erklären, wie ein schwarzes Loch im Universum aufgebaut ist. Das würden selbst die schlauesten Gelehrten nicht verstehen."

„Also, ich fasse zusammen: Wenn jeder damit fertig ist, was er tun möchte, verabschieden wir uns von unseren neu gewonnenen Freunden und machen uns für die Rückreise fertig. Wie sollten wir ihnen aber unser plötzliches Verschwinden erklären, damit sie keinen Schock bekommen!"

Nach zwei Tagen hatten alle ihre Versprechen eingehalten. Es war Zeit, sich von den lieb gewonnenen Menschen zu verabschieden. Als alle mittags im Gasthaus versammelt waren, übernahm Alex die Abschiedsrede:

„Liebe Freunde, ihr alle habt uns viel geholfen und uns an eurem Leben teilhaben lassen. Dafür sind wir euch zutiefst dankbar aber wir müssen nun wieder dahin zurück, wo wir hingehören.

Behaltet uns in guter Erinnerung. Auch wir wollen euch nie vergessen! Wir verlassen euch als FREUNDE!

Wir werden uns morgen auf die Rückreise begeben. Wir wünschen euch allen viel Glück für die Zukunft."

Alles schwieg im Gastraum, dann fragte Margaret: „Müsst ihr uns wirklich verlassen? Ich brauche euch doch." Kim antwortete, „Ja, es muss sein und du wirst deinen Weg auch ohne uns gehen."

Sie verbrachten noch einen schönen Tag zusammen, und als es dunkel wurde, löste sich die Gesellschaft langsam auf.

Sie umarmten sich, und es flossen Tränen. Dann waren die Vier alleine.

In der Dunkelheit machten sie sich auf den Weg zur Kirche und gingen den gleichen Weg durch die Hintertür der Pfarrkirche St. Jakob, den sie vor Tagen gekommen waren.

Drinnen im Kirchenschiff brannten, wie schon seit Tagen, hunderte von Leuchten und Kerzen, die Orgel wurde gespielte und es wurde gesungen!

Die Vier verschwanden jedoch unbemerkt in dem bekannten engen Gang. Sie erreichten die Leiter, hielten sich an den Händen fest, schalteten die Taschenlampen ihrer iPhones ein, fokussierten das Licht auf einen gemeinsamen Punkt an der Decke.

Es begann zu flimmern, erst war es ein sehr kleines Loch, das aber immer größer wurde.

Nach einer Minute hatte es die Größe erreicht, durch die man hindurch schlüpfen konnte.

Sie schauten sich etwas ängstlich an und Alex sagte, *„Lasst uns die Sache zu Ende bringen."* Dann erklomm er die Leiter, schlüpfte als erster durch das Loch. Kim, Ed und Fred folgten auf dem Fuße.

Schließlich standen sie wieder auf der anderen Seite des Ganges. Das schimmernde Loch nahm an Intensität langsam ab, bis es ganz verschwunden war.

Kim sagte: *„Sie"* *haben ihr Wort gehalten."*

Alex schaute sofort auf seine Uhr und sagte: *„Es ist genau 16 Uhr und die Sekunden ticken wieder."* *„Ja"*, sagte Kim, und auch sie bemerkte, dass die Zeitanzeige wieder funktionierte.

„Hurra, wir sind wieder zu Hause" sagte Fred, *„Lasst uns*

zurückgehen, denn ich wollte doch um 18 Uhr im Hotel Post zum Essen sein. Ich habe Hunger!"

Nach zwanzig Minuten erreichten sie die Tür der Schatzkammer. Ed verschloss die Tür von außen wieder sorgfältig, und nach einer weiteren halben Stunde standen sie wieder auf dem Stadtplatz.

„Wie schön doch das Hotel Post ausschaut mit seinen gelben Sonnenschirmen im Garten; und das Haus mit den Lüftl-Malereien," sagte Fred, *„Und es ist sogar beleuchtet."*

„Es ist alles so wie wir es verlassen haben."

Das Wetter hatte sich auch gebessert und es war jetzt sonnig und warm.

Die Tische unter den Schirmen waren gut besetzt, forderten zum Sitzen auf. Fred sagte: *„Es sieht alles so aus, als*

wären wir nie weg gewesen."
Die anderen nickten.

„Also weiß auch niemand, was wir erlebt haben, und wir behalten das für uns, es würde eh niemand glauben!"
Damit trennten sich die Vier: *„Wir sehen uns morgen!"*

Ende erster Teil.

Zweites Buch.

Vier Monate sind seither vergangen. Die vier Freunde trafen sich regelmäßig zwei bis dreimal in der Woche.

Kim und Alex versuchten oft, die ‚Adresse' *yxxserf* von „AKKILA" zu erreichen, Die Vier Freunde wollten wissen, was aus Akkila, Ortan, Fistor und Yaccina geworden war, aber bisher ohne Erfolg.

An einem Samstagmorgen Anfang März rief Alex die Gruppe zu einem Treffen zusammen, denn er hatte eine Nachricht von Akkila erhalten. Sie würden gegen achtzehn Uhr eine weitere Nachricht erhalten.

Die vier Freunde trafen sich um sechzehn Uhr im Postgarten vom Hotel Post. Es war ein warmer Nachmittag und man konnte noch gut im Freien sitzen. Sie waren gespannt auf die neue Nachricht von Akkila.

Punkt achtzehn Uhr bimmelte Kims iPhone, es war ein FaceTime Anruf. Zu aller Überraschung erschien ein Bild mit einem jugendlichen Gesicht auf dem Screen; keine Text-Messages wie bisher. Er stellte sich als Akkila vor und entschuldigte sich, weil er sich erst jetzt meldete. Er sagte:

„Dies bedarf einer längeren Erklärung, dass würde aber den Rahmen der Videokonferenz sprengen. Deshalb gab er nur eine kurze Information: Wenn wir Vier einverstanden wären, würde er uns zu einem Besuch einladen."

„Es geschieht mit ausdrücklicher Zustimmung des Rates der Völker. Wir hätten eine Woche Zeit, uns zu entscheiden. Der Aufenthalt

würde exakt sieben Tage dauern. Warum, erklären wir euch, wenn ihr bei uns seid".

„Wenn wir zustimmen würden, dann müssten wir uns ein ‚Alibi' verschaffen, um unsere Abwesenheit zu erklären, denn für diese ‚Reise' wäre kein Anhalten der Zeit möglich".

Alex schaute die anderen hilflos an, aber auch die waren überrascht. Jeder schaute auf sein iPhone und konnte Akkila darauf sehen. Er wirkte zierlich und sein Gesicht war blass. Seine Haare waren fast weiß wie bei einem Greis. Er schaute nicht wie ein Sechzehnjähriger aus.

Kim fand als erste ihre Fassung wieder und fragte Akkila, „Wohin die Reise denn gehen würde?"

Akkila antwortete vage, „Wir sollten uns überraschen lassen, aber keine Angst haben. Auch erklärte er uns

Vieren, er würde sich genau in einer Woche wieder melden und hoffe, dass wir uns für die ‚Reise' entscheiden würden. Wir sollten am gleichen Ort zur gleichen Zeit anwesend sein.

Er müsse die Verbindung jetzt jedoch beenden, denn sie verbrauche enorme Energien."

Alex bedankte sich für den Anruf.

Alle nickten zustimmend. Akkila hatte gegrinst und *„Bis nächste Woche"* gesagt, dann war er vom Screen verschwunden.

Fred meinte: *„Das hört sich nach Abenteuer an. Wie wollen wir die sieben Fehltage gegenüber unseren Eltern begründen?"*

Kim meinte: *„Jeder überlegt sich daheim einen Plan, das diskutieren wir dann gemeinsam, es ist zu schwierig, jetzt auf die*

Schnelle eine Entscheidung zu finden".

Am nächsten Tag nach der Schule, bei Alex zu Hause, kamen sie zu dem Schluss, ihre Eltern, um Erlaubnis zu bitten, über die Osterferien nach Ibiza zu fliegen. Sie hätten eine Einladung von ihrem Freund Manuel und dessen Vater bekommen. Manuels Vater hatte ein Hotel auf Ibiza direkt am Strand von Cala Vadella. Sie hatten Manuel vor drei Jahren im Urlaub kennengelernt.

„Klingt plausibel" meinte Ed, und er denke, dass diese Notlüge am wenigsten Verdacht erregen würde. Die Eltern glauben, dass sie dort gut aufgehoben wären, und würden bestimmt zustimmen. Alle waren damit einverstanden.

Die Freunde trafen sich am nächsten Tag nach der Schule und waren froh gelaunt, denn alle Eltern hatten ihre Erlaubnis gegeben. Kims Eltern hatten sogar angeboten mitzukommen, Kim konnte das gerade noch abbiegen, indem sie erzählte, sie würden mit Manuel eine Radtour um die Insel machen und in Zelten übernachten. Das wollten ihre Eltern dann doch nicht. Sie erzählten ihren Eltern, dass Ed's erwachsener Bruder Willi sie begleiten würde. Damit waren alle Elternteile einverstanden.

Also es stand der ‚Reise' nichts mehr im Wege.

Am folgenden Samstag, dem 17. März trafen sie sich, wie mit Akkila vereinbart, im Postgarten des Hotels zur Videokonferenz.

Sie wollten Akkila mitteilen, dass der Reisetermin sehr gut passen würde, da sie Osterferien vom

31. März bis zum 7. April hätten.

Punkt achtzehn Uhr läutete Kims iPhone, es war Akkila. Nach einer kurzen Begrüßung kam man gleich zur Sache:

„Ja, wir wollen euer Angebot annehmen."

Akkila strahlte übers ganze Gesicht:

„Na prima, das wird ein Riesenspaß werden."

Jetzt sahen sie auch die anderen Drei, die sich in die Konferenz zugeschaltet hatten. Sie stellten sich vor: Ortan, Fistor und Yaccina. Ortan war etwas kräftiger als Akkila mit einem runden Ebenholz gleichen Gesicht. Fistor hatte ein schmales längliches, graues Gesicht, welches fast dreieckig wirkte. Er hatte keine Haare auf dem Kopf und übergroße schräge Augen und keine sichtbaren Ohren. Yaccina hatte ein ungewöhnliches Gesicht, ihre Hautfarbe schimmerte leicht blau und sie war hübsch und jungenhaft.

Akkila übernahm wieder die Konversation und sagte:

„Also dann bereiten wir alles für eure Reise am 31. März vor." An welchem Ort möchtet ihr den ‚Sprung' wagen? Es sollte ein Ort sein, wo ihr euch alle gleichzeitig befindet. Es bedarf einiger Zeit der Vorbereitung für uns. Am besten ist es, ihr begebt euch wieder in die Schatzkammer der Burg. Dieses ist auch wichtig für uns, denn ihr werdet am gleichen Ort bei uns erscheinen. Könnt ihr das machen?"*

„Das wird kein Problem sein", antwortete Alex.

„Um wie viel Uhr sollen wir in der Schatzkammer sein?"

Akkila besprach das leise mit den anderen:

„Ist siebzehn Uhr für euch
okay?" „Ja", antworteten alle
auf einmal.
„Wir freuen uns schon
riesig."

Samstag 31.März 2018

Die Eltern der vier Freunde waren im festen Glauben, dass sie sich auf dem Weg nach Ibiza befanden.

Alex, Ed, Fred und Kim marschierten schnurstracks durch das Georgstor in Richtung Hauptburg zur Schatzkammer. Ed öffnete das eiserne Gatter, und sie verschwanden in dem dunklen Gewölbe. Sie vergaßen nicht, das Gatter sorgfältig hinter sich zu schließen. Es war gerade 16:40 Uhr, sie hatten noch zwanzig Minuten bis zur vereinbarten Zeit.
Punkt siebzehn Uhr erschien direkt vor ihnen im Gewölbe ein im Durchmesser etwa zwei Meter großes kreisrundes Gebilde. Sie kannten das Ding ja schon vom letzten Mal, aber

das hier war mehr als doppelt so groß und schimmerte in allen Farben. Das iPhone von Kim bimmelte pünktlich und Akkilas Bild war zu sehen. Er sagte kurz,

„Jetzt geht alle gemeinsam durchs „Portal!" Sie traten gemeinsam durch das ‚Portal‘, und das Schimmern erlosch.

Sie befanden sich immer noch im Gewölbe. Sie waren verblüfft, denn sie standen immer noch am gleichen Fleck!

Das iPhone klingelte erneut und wieder war Akkila zu sehen: *„Herzlich willkommen! Wir treffen uns gleich am Tor zur Hauptburg,"* und der Screen des iPhones erlosch.

Ed sagte: *„Ich hatte eine aufregende Reise In eine fremde Welt erwartet, aber wir sind ja immer noch in Burghausen."* *„Ja"*, meinten die anderen Drei, *„Das ist sehr mysteriös."*

„*Okay*", meinte Kim, „*Laufen wir halt zum Haupttor!*"

Sie verließen die Schatzkammer durch das Eisengatter, verschlossen es sorgfältig und gingen in Richtung Torbau der Hauptburg.

Da sahen sie von weitem schon vier Menschen, die ihnen wild zuwinkten. Sie begannen schneller zu laufen; Dann standen sie sich gegenüber.

Die Begrüßung war herzlich, sie sprachen alle auf einmal, schüttelten sich die Hände und gingen durch das Tor in Richtung Bergfried. Die vier Freunde blickten nun auf etwas ganz Eigenartiges. Sie blieben wie angewurzelt stehen. Es verschlug ihnen die Sprache.

„*Unfassbar*" rief Fred, „*Das übertrifft alles, was ich bisher gesehen habe!*"

Von den anderen Dreien kam kein Wort über ihre Lippen, sie waren sprachlos.

Sie sahen in der Sonne glitzernde gläserne Hochhäuser, die zweimal so hoch waren wie die Burg. Um sie herum standen wenigstens fünfzig von diesen Ungetümen. Dazwischen waren hunderte Flugkörper zusehen. Alle bewegten sich völlig geräuschlos, nichts war zu hören.

Die Burg bestand nur noch aus der Hauptburg, wie sie von hier aus erkennen konnten. Die fünf Vorhöfe waren nicht zu sehen, dafür war aber ein wunderschön angelegter Garten zu sehen.

„Wow", riefen sie wie aus einem Mund, *„Das ist ja fantastisch, wo sind wir denn hier?"*

Jetzt meldete sich der junge Mann mit dem Glatzkopf zu Wort: *„Ich bin Fistor, und wir begrüßen euch in Burghausen,* *erschreckt nicht, aber ihr befindet euch im Jahr 4045, es ist heute der 31.März."*

Alle sprachen wieder auf einmal, *„Aber… wie ist das möglich?"*

„Alles der Reihe nach," sagte Yaccina, *„Jetzt fliegen wir erst einmal zu mir nach Hause, dann können wir uns in aller Ruhe unterhalten und wir werden versuchen, eure Fragen zu beantworten."*

Es schwebte einer dieser Flugkörper von einem der nahen Glasburgen herüber, landete vor ihnen und Akkila sagte,

„Bitte steigt ein!" Daraufhin nahmen alle auf gemütlichen Sitzen Platz.

Das „Flugzeug war eine unten abgeflachte Kugel mit einer durchsichtigen Kuppel. Es setzte sich, nachdem sie alle Platz genommen hatten, geräuschlos in Bewegung. Einen

Piloten konnten sie nirgendwo entdecken.

Sie flogen in nicht allzu großer Höhe auf ein Hochhaus zu. Das Fluggerät flog offensichtlich vollkommen autark.

„Faszinierend", staunte Kim *„Einfach faszinierend."*

Ortan, der etwas Kräftigere mit der dunklen Hautfarbe sagte an die Freunde gewandt: *„Das sind unsere ‚Helipots' für den Nahbereich, also innerhalb des Stadtgebietes. Wir können diese Taxis, wie ihr sie nennt, mit unserem Chip anfordern, das heißt, ‚gedanklich', aber davon später."*

Die Eindrücke waren für die vier Freunde umwerfend. *„Fragen werden wir später"*, meinte Alex.

Sie landeten in einem Hangar im 100sten Stockwerk des

Hochhauses. Die Hangar Tür öffnete und schloss sich automatisch. Alle Acht bestiegen ein Transportband, durchquerten eine riesige Halle, einem Atrium gleich. Der offene Bereich Maß ungefähr 800 Meter im Durchmesser und spitzte sich nach oben kegelförmig zu. Das Dach bestand aus einer Glaskuppel mit einem Durchmesser von ca. 250 Metern. Die Höhe vom Boden bis zur Kuppel schätzte Alex auf 850 Meter.

„Gigantisch", entfuhr es Ed, und Fred schüttelte ständig ungläubig seinen Kopf.

Die Vier aus der Zukunft sprachen nichts und ließen den vier Freunden Zeit, die neuen Eindrücke in sich aufzunehmen und zu verarbeiten.

Der Innenbereich des Gebäudes war von einer Art Galerie umgeben. In manchen

Etagen war das Atrium oval, andere Etagen waren rund. Die überhängenden Bauteile glichen Balkonen. Alles war grün bewachsen mit Bäumen, Sträuchern und Hängepflanzen in allen Farben. Das sah interessant und reizvoll aus. Die Vier waren begeistert, solch eine ungewöhnliche Architektur hatten sie noch nie zuvor gesehen. Die unterste Etage des Hochhauses war, wie sie von oben sehen konnten, ein tropischer Garten mit Seen und Fußwegen. Viel mehr konnten die Vier nicht erkennen, denn sie befanden sich im 100. Stockwerk des Gebäudes.

Yaccina musste ihre Gedanken erahnt haben, denn sie sagte:

„Das Gebäude hat 265 Etagen und beinhaltet 600 Geschäfte jeglicher Art. Es leben ca. zehntausend Menschen darin, davon sind rund 1/8, wie ihr

*sagt, ‚Extraterrestrische'!
Alle leben hier friedlich
miteinander, darüber später
mehr."*

Sie alle erreichten das riesige Apartment von Yaccina, es war wundervoll eingerichtet, so wie sie es sich in ihren kühnsten Träumen nicht hätten vorstellen können.

Sie nahmen in farbenfrohen anschmiegsamen Sitzmöbeln Platz. Diese Sitze folgten automatisch ihren Bewegungen, „Sehr angenehm", wie Kim bemerkte. Sie sprachen zuerst über belanglose Dinge, und dann erzählte Ortan über das Leben auf der Erde im Jahre 4045:

„Es hat sich in den vergangenen 2000 Jahren allerhand verändert. Wir alle werden um ein Vielfaches älter als noch vor 500 Jahren. Unsere Lebenserwartung liegt

bei 160 Jahren. Das ist deshalb möglich, weil wir zu 99 % alle Krankheiten besiegt haben. Dann ist da noch ein weiterer Faktor wir alle bekommen nach dem ersten Lebensjahr einen winzigen, nur einen Millimeter großen Chip in unser Gehirn eingepflanzt, einen Chip von extremer Kapazität. Damit wird unsere gesamte Leistungsfähigkeit, schon von Kindheit an erhöht. Dieses ‚Zweithirn', (Chip) wacht über alle Körperfunktionen, erkennt Angriffe auf das Immunsystem und leitet sofort selbstständig Gegenmaßnahmen ein.

Mit dem Chip haben wir ab dem 6. Lebensjahr unbeschränkten Zugriff auf den zentralen Computer auf dem Mond. Der Chip geht mit unserem Gehirn eine Symbiose ein und unterstützt das Gehirn in allen Belangen. Gehirn und Chip bilden zwar eine Symbiose, aber unser Gehirn ist immer das bestimmende Element. Den Chip nutzen wir als Ergänzung bei auftretenden Fragen der Mathematik, Physik usw. Das alles geschieht für uns unbemerkt. Wir sind in der Lage, über diesen Chip untereinander zu kommunizieren, Daten auszutauschen und zum Beispiel die Taxis zu bestellen", dabei lachte er herzhaft.

Er fuhr fort, „Der Chip steht im ständigen Austausch mit dem Zentralcomputer."

Schulen gibt es, wie ihr sie kennt nicht mehr, es ist vielmehr ein ständiges Sammeln von Informationen, je nach Interessen des Einzelnen.

Die Allgemeinbildung ist bei uns allen gleich, ab dem zehnten Lebensjahr spezialisiert man sich je nach

Hauptinteresse. Jeder kann selbst bestimmen, in welchem Fachgebiet er sich spezialisieren möchte.

Die Erde ist seit dem Jahr 2045 auch von den Greys bevölkert, danach kamen immer mehr ‚Extraterrestrische‘ Völker dazu. Sie leben seither alle friedlich miteinander und ergänzen sich gegenseitig. Das funktioniert seither ohne jegliche Konflikte. Apropos Konflikte: Im Jahre 2043 waren die Menschen nahe daran sich selbst zu vernichten. Ein Diktator aus dem asiatischen Raum startete einen Atomangriff auf einige westliche Großstädte. Das wäre beinahe das Ende der Menschheit gewesen.

Da entschieden die Greys, welche die Erde schon seit zigtausend Jahren beobachten, einzugreifen. Sie vernichteten die im Anflug befindlichen Raketen und landeten mit ihrer Raumschiff-Armada in nahezu allen Hauptstädten der Erde. Sie erreichten damit, dass den Erdbewohnern klar wurde, dass Kriege keine Lösung sind, um Konflikte zu lösen. Sie begriffen auch, dass sie nicht die einzigen ‚Intelligenten‘ Wesen im Universum sind. Die Greys machten ihnen klar, dass die Erde nur dann in die Gemeinschaft der galaktischen Völker aufgenommen werden würde, wenn das selbstzerstörerische Verhalten aufhörte.

Das hatte nachhaltig gewirkt.

Die Greys vermittelten zunächst in den bestehenden Auseinandersetzungen.“

„Mit dem Beitritt der Erde würden es dann insgesamt 305 galaktische Welten geben, die im galaktischen Bund der Völker vereint sind.

Die Greys halfen den Menschen nach der Befriedung, bei der Entwicklung der Raumfahrt und bei den Lösungen des ständig steigenden Energiebedarfs.

Alle Atomwaffen auf der Erde wurden vernichtet, und für Militärs war kein Bedarf mehr in der Völkergemeinschaft.

Die Greys halfen bei der Gründung einer neuen zentralen Weltregierung mit Sitz in Canberra in Australien. Dort befindet er sich seither.

Es hatte noch bis zum Jahr 2085 gedauert, bis die Erde in den Bund der galaktischen Völker aufgenommen wurde. Die Aufnahme geschah nach strengen Regeln: wie ethische Reife, das Fehlen von Aggressionen und Kriegen untereinander und ein friedliches Miteinander. Damit hatte die Menschheit bislang ihre größten Schwierigkeiten gehabt."

„So", sagte Akkila „Das war eine etwas längere Einführung in Neuere Geschichte."

Jetzt stellte er den Rest seiner Crew nochmals vor:

„Dieses hübsche Mädel hier ist Yaccina, unser Genius für Science und intergalaktische Raumfahrt. Sie stammt vom Planeten Onitto, bei euch besser bekannt unter dem Namen Kepler 452 b. Onitto ist 1402 Lichtjahre von der Erde entfernt. Die Onittaner sind, wie ihr sehen könnt von bläulicher Hautfarbe.

Und dieser Bursche hier heißt Ortan; er stammt aus dem Südpazifik von den Fidschi-Inseln. Ortan ist der Experte für die Sprachen aller bisher bekannten Völker.

Und das hier ist Fistor, er kommt vom Planeten Hester, sein Vater ist von der Erde, seine Mutter ist eine Grey. Hester ist der Heimatplanet von den, wie ihr sie nennt „Greys". Fistor ist der Roboterspezialist, seine künstlichen Intelligenzen sind die besten, und sehr gefragt! Sie werden in allen erdenklichen Bereichen eingesetzt Und außerdem hat er die smartesten Nano-Roboter erfunden. Einen seiner Winzlinge hatten wir durch den Zeittransmitter zusammen mit euch durchgeschleust, ihr habt ihn nicht einmal bemerkt. Dieser Roboter war gerade mal fünf Millimeter groß, er war mit einer hochauflösenden holografischen Kamera ausgestattet. Diese Roboter sind quasi seither überall im Einsatz und liefern uns live Bilder aus allen Regionen unserer Milchstraße und Hologramme aus verschiedenen Epochen unseres Planeten. Wir werden sie noch in weiteren Einsätzen sehen. Das ist für uns wie euer Fernsehen, nur viel realer, weil in 3D holografisch perfekt dargestellt."

„Mich kennt Ihr ja schon, trotzdem stelle ich mich noch mal kurz vor: Mein Spezialgebiet ist die Raum-Zeit mit all ihren Facetten. Ich beschäftige mich hauptsächlich mit Wurmlöchern und Transmittern. Auch ‚Schwarze Löcher' gehören zu meinem Wissensgebiet.
Ihr seid uns allen wohlbekannt, denn wir haben eure Episoden im Mittelalter hautnah miterlebt, dank Fistor's Fliegen-Roboter.
„Ich höre jetzt auf zu reden, nicht alles auf einmal, sonst lauft ihr uns womöglich davon", und er lachte herzhaft.

Die vier Freunde waren überwältigt von dem, was sie sahen und hörten, es war zu viel, um das alles in der Kürze der Zeit, zu verdauen.

Yaccina sagte zu ihnen:

„Ich zeige euch jetzt eure Unterkunft, ich glaube sie ist *etwas komfortabler als die Strohbetten auf eurer letzten Reise",* dabei lachte sie schelmisch vor sich hin.

Jedem der vier Freunde wurde von Yaccina ein Wohntrakt zugewiesen.

Es verschlug den Vier die Sprache! Die Apartments waren jeweils ca. 500 Quadratmeter groß und mit jedem erdenklichen Luxus ausgestattet. Die Wohnung hatte ein ca. 250 Quadratmeter umfassendes Wohnzimmer, drei weitere „kleinere Zimmer", eines mit Sammlungen alter Skulpturen und Artefakten aus unterschiedlichen Epochen, nicht nur von der Erde.

Jede der Wohnungen war exakt gleich groß für jeden von uns. Yaccina bat sie nun:

„Ihr könnt euch frisch machen. Wir holen euch so um acht Uhr ab, dann machen wir einen kleinen Bummel durch die Stadt, einverstanden?

„Ja, natürlich."

Yaccina wandte sich dann an Kim:

„Komm, ich zeige dir die Annehmlichkeiten in deinem persönlichen Apartment. Die Jungen sollen ihre selber erkunden. Ich bin darauf gespannt", und sie kicherte.

Yaccina zeigte Kim zuerst, wie sie mit dem Fräulein Roboter namens Lucy umzugehen hätte, sie erklärte ihr, dass der Roboter exakt wie ein Mensch reagiere und alles ausführe, was sie wünsche. Sie könne sich Essen zubereiten oder Getränke bringen lassen.

„So, ich lasse dich jetzt mit Lucy alleine, bis später!"
Kim bedankte sich, und Yaccina ging durch die Tür, die sich geräuschlos öffnete und sich hinter ihr auch wieder schloss.

Die Jungen kamen schnell dahinter, was es mit dem Roboter auf sich hatte, denn der sprach sie schon beim Betreten des Apartments an und stellte sich vor. Alex Roboter hieß Lolo, Freds Roboter hieß Rass und Eds nannte sich Cygo.
Um Punkt acht Uhr wurden die Vier abgeholt und froh gelaunt bestiegen sie einen Antigrav Lift, der sie nach unten in den Atriumgarten brachte.
Hier war es angenehm warm, es wehte ein laues Lüftchen, Vögel zwitscherten. Es war ein wundervoller tropischer

Garten mit Palmen und fremdartigen Pflanzen. Fremdartige Tiere und prachtvolle Vögel flogen umher. Das alles im Kontrast zu den schneebedeckten Bergen in der Ferne.

Alex fragte Akkila verwundert:

„Wieso wachsen hier in Burghausen Palmen?"

Akkila erklärte:

„Die Stadt liegt unter einer unsichtbaren Energiesphäre. Diese umschließt den Großraum München mit all seinen Vororten. Burghausen gehört dazu. Wir sind in der Lage, unser Klima unter der Energie-Sphäre zu regulieren, das macht der zentrale Computer auf dem Mond."

Er fuhr fort, „Wir werden den Mond morgen besuchen, das wird bestimmt sehr interessant für euch."

„Wir fliegen zum Mond?"

Riefen die vier Freunde wie aus einem Mund.

„Nein, das glauben wir nicht", „Doch" sagte Fistor, *„So haben wir es geplant."*

Dort werdet ihr auch einige Mitglieder des Rates treffen.

„Sie wollen euch gerne persönlich kennenlernen. Aber jetzt lasst uns erstmal in die Stadt gehen."

Sie bestiegen wieder eines der Transportbänder und waren in nur wenigen Minuten auf dem Marktplatz. Der Anblick überraschte sie nun doch, denn der Platz war fast unverändert, und genauso wie sie ihn kannten. Alles war erhalten, die Häuser, ja selbst das Hotel Post stand da, wo es immer steht.

„Wow", sagte Fred, *„Selbst die Kirche, ja die gesamte Innenstadt ist so, wie wir sie kennen."*

Ja sagte Ortan, „*Es wurde alles nach alten Plänen naturgetreu aufgebaut. Leider war der Stadtkern vor 300 Jahren dem ‚Fortschritt' zum Opfer gefallen.*

Die Stadtverwaltung hatte jedoch alles vor rund 150 Jahren wiederaufgebaut, weil man erkannte, dass der historische Teil, als auch der Charakter einer Stadt erhalten werden müsse. Die Hauptburg wurde damals mit erheblichem technischem Aufwand wiederaufgebaut, denn sie hatte in den letzten 1000 Jahren erheblichen Schaden genommen. Niemand hätte damals Interesse an Denkmalpflege gehabt und so ließ man alles verfallen oder es wurde dem Erdboden gleichgemacht."

Sie gingen nun zusammen in den Postgarten des Hotels Post, setzten sich unter übergroße Sonnenschirme und wurden von hübschen „Madeln", wie Ed bemerkte, bedient. Yaccina klärte, *„Das seien alles Roboter. Sie sind auf den ersten Blick nicht von echten Menschen zu unterscheiden.*"

„Alle Dienstleistungen und Arbeiten in den Fabrikationsanlagen werden von Robotern erledigt; es arbeitet heute niemand mehr schwer körperlich. Die Menschen widmen sich vor allem der Wissenschaft, der Forschung und den schönen Künsten."

Sie saßen mehr als zwei Stunden zusammen und Akkila erzählte, was passiert war, nachdem sie die vier Freunde wieder aus dem Mittelalter zurück in ihre Zeit gebracht hatten.

„Also das war so, wir wurden dabei ertappt, als wir mit dem Zeittransmitter und mit euch

experimentierten. Dies war streng verboten! Das war nur den Wissenschaftlern in den Universitäten erlaubt. Wir wollten eine Erfindung ausprobieren. Mit eurem Transport durch die Zeit und der exakten Rückkehr haben wir das bewiesen.

Wir konnten die Zeit für maximal fünf Tage anhalten, so, dass wir euch wieder zur gleichen Zeit, in eure Zeit zurückversetzen konnten. Das ist uns durch die Stabilisierung des Transmitters erstmals gelungen. Davor war es nicht möglich gewesen einen Zeittransmitter mehr als zwanzig Minuten zu stabilisieren. Fragt bitte nicht, wie wir das gemacht haben, denn es würde euch nichts nützen. Das das ist extrem schwierig zu erklären, und wir haben das auch nur durch Zufall entdeckt. Es hat mit der dunklen-Materie und dunkler Energie zu tun, die wir benutzten, um den Transmitter zu stabilisieren. Wir mussten dafür enorme Mengen Energie aus der Kernfusionsanlage von Garching ableiten. Das war natürlich den Überwachungscomputern aufgefallen.

Die Computer mussten den Reaktor für kurze Zeit auf über 130% fahren. Auch das wurde zuvor noch nie gemacht.

Die Fusionsanlage basiert übrigens auf einer Erfindung aus eurer Zeit, ich glaube, sie wurde WENDELSTEIN 7-X genannt."

Akkila machte eine Pause… und erzählte weiter:

„Was soll ich sagen, kurze Zeit nachdem ihr wieder in eure Zeit zurückgekehrt wart, wurden wir vier festgenommen und tagelang von den Behörden verhört. Das war der Grund, warum wir uns nicht früher gemeldet haben. Wir mussten den Wissenschaftlern und den Ratsmitgliedern erklären, wie wir den Transmitter stabilisiert haben. Nachdem die Experten alles durchgerechnet und selbst einen Test erfolgreich abgeschlossen hatten, wurden wir zu unserem Erstaunen nicht verurteilt, nein im Gegenteil, wir wurden gefeiert. Wir hatten den Durchbruch in der Transmitter-Physik geschafft. Daran arbeiteten Hunderte von Physikern seit Jahrzehnten fieberhaft."

Weiter berichtete Akkila, „Diese neue Technik wird es uns in den nächsten Jahrzehnten ermöglichen, unsere bestehenden Transmitter so auszubauen, dass selbst die größten Raumschiffe hindurchfliegen können. Die neue Technik gilt sowohl für die Raumtransmitter als auch für die Zeittransmitter.

Die Raumtransmitter waren bisher unsicher und riskant gewesen, weil unstabil. Diese alten Transmitter waren nur für kleinere Raumschiffe geeignet, maximal für fünfzig Meter-Raumer.

Die Zeittransmitter waren bisher nur in der Größe eines Meters im Durchmesser möglich gewesen, das habt ihr ja selbst erlebt."

„In naher Zukunft wird es dann möglich sein, selbst die entferntesten Galaxien im Universum in nahezu null Zeit zu erreichen. Das ist auch der Grund, warum der Rat der Völker es erlaubt hat, euch hierher zu transportieren, denn ohne euch und ohne unseren *Forschungsdrang hätte man sicherlich noch viele Jahre/Jahrzehnte gebraucht, um den Durchbruch zu schaffen.*"

Mittlerweile war es schon spät geworden, kurz vor dreiundzwanzig Uhr. Yaccina meinte, *"Wir sollten uns jetzt auf den Heimweg machen, denn für den kommenden Morgen sei geplant, die Highspeed Tube zum Raumhafen nach München zu nehmen! Und dazu müssten sie um neun Uhr am Abfertigungsschalter sein."* Die Vier waren in wenigen Minuten mit den schon bekannten Taxis in dem Hangar von Yaccinas Wohnetage. Nach kurzer „Gute Nacht" Verabschiedung, begab sich jeder in seine Wohnung.

„Mein lieber Mann", sagte Kim zu den anderen, *„Das war ein aufregender Tag, bin gespannt,*

was morgen alles auf uns zukommt!"

Tag zwei: 1. April

   Sieben Uhr morgens: Die vier Freunde wurden von den Service-Robotern sanft geweckt: Es spielte leise Musik und es roch nach frisch gebrühtem Kaffee. Das Frühstück war fertig, genau wie am Abend vorbestellt. Sie frühstückten zusammen in Alex Wohnung. Um 7:45 Uhr trafen sich alle in Yaccinas Wohnung.
   Alle Acht begaben sich nach kurzer Begrüßung auf den Weg. Sie nahmen, wie schon bekannt, die Antigrav Lifts sowie die Transportbänder und erreichten in der 4. Kellerebene den Bahnhof der Highspeed Tube. Die Tubes fuhren im Minutentakt. Alle bestiegen eine Transportkabine, die Tür öffnete sich automatisch und schon waren sie in der Röhre.

Yaccina erklärte den Vieren, „Dass die Fahrt zum Raumhafen drei Minuten dauern würde. Das entspräche etwa 1.800 km/h."

„Wow" sagte Alex, *„das ist ja doppelt so schnell, wie bei uns die modernen Jets fliegen."*

Akkila antwortete: *„Das ist die Geschwindigkeit auf sehr kurzen Strecken; bis zum Raumhafen München sind es ja nur 80 Kilometer. Auf Strecken innerhalb Europas erreichen die Tubes gut das Vierfache."* Die drei Minuten waren vorüber und sie verließen die Highspeed Tube. Ein weiteres Transportband brachte sie zum Check-In. Akkila checkte alle ein und sagte, *„Sie hätten noch eine Stunde Zeit bis zum Abflug, und er hätte eine kurze Rundfahrt zur Besichtigung des Raumhafens arrangiert."* Sie bestiegen wieder eines dieser Taxis.

Der Transport Pod schwebte aus dem Hangar, und schon waren sie mitten im Getümmel der an und abfliegenden Raumschiffe.

Was sie sahen, verschlug ihnen die Sprache. Auf dem riesigen Raumhafen war eine Vielfalt von Raumschiffen zu sehen, kleine schnittige, vielleicht zwanzig Meter lange und fünf Meter hohe, dann riesige Kugelschiffe von etwa 500 Meter Durchmesser. Die großen Schiffe schwebten nur wenige Zentimeter über dem Boden, vollkommen ohne Stützen. Es war ein Gewimmel wie in einem Ameisenhaufen und doch wirkte alles perfekt organisiert. Einer der großen Raumer startete gerade, das geschah völlig geräuschlos. Akkila antwortete, bevor sie fragen konnten, *„Die Schiffe benutzen beim Start einen Anti-Gravitations-Antrieb und* *dieser ist völlig geräuschlos. Erst nachdem die Schiffe außerhalb der Ionosphäre sind, werden die interstellaren Antriebe eingesetzt."*

Der Transport Pod steuerte auf ein kleineres Schiff zu und hielt kurz davor an. Sie stiegen aus und liefen die ausgefahrene Rampe des kleinen Kugelschiffes hinauf. Dort wurden sie von einem älteren Mann in Uniform begrüßt. Sein Name war Phil und er war der Kommandant. Er hieß alle herzlich willkommen an Bord der „Saturn". Es sei ein Schiff der Explorer Klasse und habe einen Durchmesser von 80 Metern.

„Wir haben drei Crewmitglieder und 40 Roboter an Bord. Auf dieser Reise zum Erdtrabanten brauchen wir genau 4 Stunden; also macht es euch bequem, die Service Roboter stehen ab sofort zur

Verfügung. Es bedarf keinerlei extra Maßnahmen während des Starts. Nehmt im Observation Deck Platz und genießt den kurzen Flug." Dann drehte er sich um und war verschwunden.

Die acht Freunde liefen den markierten Weg, geführt von einem Service Roboter, zum Observation Deck.

Punkt zehn Uhr startete das Schiff, es war nur ein leises Summen zu hören, aber nichts zu spüren. Die Wand vor ihnen war wie ein Fenster, und es öffnete sich der Blick nach draußen. Das Raumschiff bewegte sich immer schneller und sie hatten in nur wenigen Minuten die Erde hinter sich gelassen.

„Was für ein herrlicher Blick," sagte Kim, *„Mir kommen die Tränen."*

„Wie klein und unscheinbar wir Menschen doch sind," entfuhr es Ed.

Nach einer Stunde hing die Erde wie eine große blaue Murmel im Raum, umkreist von ihrem Trabanten. Erde und Mond waren jetzt in ihrer ganzen Schönheit zu erkennen. Alex fragte Akkila:

„Müssten wir denn jetzt nicht schwerelos sein?"

„Nein, dieses Zeitalter ist längst vorbei, wir erzeugen heutzutage künstliche Schwerkraft."

So verging Stunde um Stunde und die vier Freunde wurden des Schauens nicht müde. Sie wurden von den Service Robotern vorzüglich bedient, unterhielten sich über persönliche Dinge und es kam keine Langeweile auf. Ein Service Roboter machte sie darauf aufmerksam, dass das Schiff seinen Anflug auf die

Mondbasis begonnen hätte. Sie würden in wenigen Minuten landen.

Kim sagte, *„Was sind denn die vier Stunden schon vorüber?"*

Auf dem Bildschirm wurde der Mond immer größer und man konnte Einzelheiten erkennen. Es waren riesige Werftanlagen im Orbit zu sehen; in einigen schwebten gerade Raumschiffe zur Reparatur, andere waren leer aber hell erleuchtet.

Die Mondoberfläche kam immer näher auf sie zu. Sie erkannten Gebäude und ihnen unbekannte Strukturen. Zu ihrem Erstaunen öffnete sich ein gigantisches Tor auf der Mondoberfläche, das Raumschiff steuerte direkt darauf zu und landete in einem Hangar. Die Luke schloss sich sofort, nachdem das Schiff hindurch war.

Ein kleiner ca. 120 cm großer Mensch begrüßte sie

alle, nachdem sie ausgestiegen waren. Er war in einen silbrig glänzenden Umhang gekleidet, dem Aussehen nach ein Grey.

„Ich heiße Astum und komme vom Planeten Hestor. Akkila hat bestimmt schon etwas über UNS erzählt, oder?" Kim antwortete:

"Ja, und wir freuen uns, Sie kennenzulernen, und dass wir das hier alles erleben dürfen."

Die anderen Drei nickten zustimmend mit den Köpfen.

„Ihr seid herzlich willkommen! Leider mussten wir umdisponieren, denn ein Teil der Ratsmitglieder musste frühzeitig die Mondbasis verlassen und zum Mars fliegen, wo eine Sondersitzung des Rates der Völker einberufen worden ist."

Er fuhr fort, „Dass er sich auch dorthin begeben müsse, und biete ihnen an, sie später

auf der Marsbasis ‚Marsilia'
zu treffen."

„Ist das in Eurem Sinne?"

„Ja, natürlich", riefen
alle Acht wie aus einem Munde.

„Okay", antwortete Astum,
„Ihr könnt die ‚Saturn' für
den Flug zum Mars benutzen,
ich habe dem Kommandanten
schon die Erlaubnis erteilt."

„Den Abflugzeitpunkt könnt
ihr selbst wählen, nachdem ihr
mit der Mond-Besichtigung
fertig seid. So, ich
verabschiede mich jetzt. Bis
bald auf der Basis Marsilia."

Er drehte sich um und stieg
in ein Transport Pod, welches
sofort in Richtung eines
riesigen Kugelraumschiffes
flog.

„Okay", sagte Akkila,
„Erkunden wir also die
Mondbasis."

Auf einem weiteren
Transportband waren sie in

wenigen Minuten in einer Halle von gigantischen Ausmaßen.

Akkila erklärte ihnen, das sei die Computerhalle, und wenn sie möchten, könnten sie sich jetzt mit ‚ONE' dem zentralen Computer unterhalten, sie müssten ihn nur ansprechen. Kim traute sich als Erste und sagte:

„Hallo ONE, ich bin Kim und ich beschäftige mich mit Computer Science. Ich habe eine Frage: Wie schnell ist deine Rechenleistung?"

‚ONE', antwortete:

„Hallo Kim, schön euch alle kennenzulernen. Deine Frage ist nicht einfach zu beantworten, nur so viel, verglichen mit eurem schnellsten Computer „Watson" habe ich eine Million Mal mehr Computing Power. „Watson" hatte damals im Jahre 2015 eine Leistung von 80 Teraflops! Er hatte 10 Racks

IBM Power, 750 Servers und ‚Linux' als Betriebssystem mit 15 Terabytes RAM, 2,880 Prozessor Cores und arbeitete mit 80 Teraflops."

ONE erklärte weiter an alle gewandt, *„Ich bin über 15 Stockwerke unter der Mondoberfläche verteilt."*

Die anderen Drei stellten an den Computer Fragen aus ihren Fachgebieten, und der Computer beantwortete alle ausführlich über eine Stunde lang.

Ortan unterbrach die Konversation:

„Wir müssen eure Unterhaltung unterbrechen, denn es gibt noch viel mehr zu sehen, zum Beispiel die Werften und die Stadt. „Stadt?... Es gibt eine Stadt auf dem Mond?", fragte Fred.

„Nein nicht auf, sondern unter dem Mond", antwortete Yaccina.

„Es leben ungefähr 30.000 hoch spezialisierte Menschen inklusive einiger Aliens hier. Zusammen mit den Robotern der Station kümmerten sie sich um die Wartung und Erweiterungen von ‚ONE'. Circa 12.000 arbeiten auf den Werften, sie sind für die Reparaturen und Wartungen der Raumschiffe zuständig."

Fistor meinte, *„Sie sollten sich jetzt auf den Weg in die Stadt machen und versuchen, einen Platz im Restaurant „VAAMOS" zu bekommen. Das Restaurant sei immer gut besucht um diese Uhrzeit."* Es war mittlerweile schon Mittag.

Akkila drängelte, *„Last uns jetzt gehen, aber erschreckt euch nicht, das Lokal ist ein beliebter Treffpunkt von Aliens aller Arten."*

Dort angekommen, mussten wir eine halbe Stunde warten, bis wir einen Tisch bekamen. *„Im*

Restaurant ist ja ein Trubel wie bei uns zur Touristenzeit im Hotel Post", bemerkte Fred.

Die Speisekarte beinhaltete völlig unbekannte Speisen, Yaccina meinte! *„Besser ich bestelle für euch, ihr könntet leicht eine verkehrte Wahl treffen"*, und lachte. Sie bestellte Entrecôte auf Spinat mit Rosmarinkartoffeln, so hieß das Gericht übersetzt. Akkila und die anderen Drei bestellten eine Spezialität vom Planeten Hester, die ihnen Fistor empfohlen hatte, welches aus Algen und einem fremdartig aussehenden Fisch zubereitet wurde.

Fred war von dem Entrecôte begeistert; *„Das hätte er nicht besser zubereiten können"*, „Alle Achtung!" Akkila erwiderte darauf schmunzelnd, *„Das hätten Roboter zubereitet."* Fred gefiel das gar nicht: „Das *hieße ja, es wird Köche in Zukunft nicht mehr geben."*

Alle lachten herzhaft, tranken ihre Gläser leer und wollten zur Tür gehen, als Alex sagte: *„Stopp, wir haben vergessen zu bezahlen"*, worauf Yaccina erwiderte:

„Alles was wir zum Leben benötigen, ist generell frei."

„Wow", entfuhr es Kim, *„Das sollten wir zu Hause auch einführen."*

„Lieber nicht", meinte Fred, *„Sonst wirst du zu dick."*

Sie verließen die riesige unter dem Mond liegende Stadt und begaben sich zu den Werftanlagen. Auch diese Anlagen hatten enorme Ausmaße.

Im Moment waren 12 Raumschiffe der 500 Meter Klasse, ca. 40 Explorer und weitere kleinere 20 Meter lange Schiffe zu sehen. Es herrschte ein reges Treiben auf dem Werftgelände,

Arbeitsroboter und Transportroboter flitzten von einem zum anderen Schiff, das wirkte hektisch, aber beim näheren Hinschauen sinnvoll orchestriert.

Es folgte eine Führung durch die 500-Meter-Raumschiffe. Die Kommando-Brücken erregten aller Bewunderung, und Ed meinte:

„Das ist eine tolle technische Leistung." Er machte Fotos mit seinem iPhone. Yaccina bremste ihn: *„Die Bilder werden leider, glaube ich, bei eurer Rückreise gelöscht."*

„Lasst uns jetzt die Reparaturwerften, welche ihr beim Anflug in der Umlaufbahn gesehen habt besuchen."

Die Jugendlichen mussten nun alle leichte Raumanzüge anziehen. Die Anlagen schweben im freien Raum.

Der Gleiter stand schon im hinteren Hangar für sie bereit; sie nahmen alle darin Platz und schon ging es los.

Sie flogen durch eine Schleuse und waren dann im Orbit um den Mond. Kurs direkt auf eine Werftanlage zu, wo gerade ein Raumschiff überholt wurde.

Akkila sagte: *„Diese Anlagen werden zum Tanken und Beladen von Wasser, Lebensmitteln und für kleinere Reparaturen benutzt. Die Raumschiffe werden mit Koordinaten für ihre Flüge vorbereitet und mit allem Nötigen für Langstreckenflüge durch unsere Galaxis ausgerüstet. Sie können dabei in einer einzigen Etappe mehrere tausend Lichtjahre zurücklegen."*

Die Acht wurden von einem Ingenieur begrüßt und darauf eingewiesen, wie sie sich im freien Raum verhalten sollten. Er sagte:

„Euch ‚Einheimischen' ist das ja alles bekannt, aber für die anderen Vier ist das neu. Zu eurem Schutz leine ich euch besser an mich an, damit nichts passiert. Ihr geht dann nicht im Raum verschollen."

„Okay, meinten die Vier, *„Das ist uns auch lieber so."*

Dann verließen sie die Kommandokapsel und waren im freien Raum.

„Hurra", entfuhr es Kim und Alex gleichzeitig, *„Das ist ein komisches Gefühl, wir sind schwerelos."*

Sie bewegten sich in gemächlicher Geschwindigkeit um das riesige Raumschiff herum und beobachteten das treiben dort. Die meisten Arbeiten würden von Robotern durchgeführt, so erklärte der leitende Ingenieur.

Nach der Umrundung schwebten sie zu ihrem Gleiter zurück.

Der Ingenieur verabschiedete sich und wünschte allen eine angenehme Reise zum Mars. Die „Saturn" würde von ihm persönlich auf den Flug vorbereitet werden.

Es war spät geworden. Sie wollten noch alle in die Stadt, um noch etwas zu essen, und sich dann zur Ruhe begeben. Akkila meinte, *„Dass sie die Wahl hätten, in der Stadt zu übernachten oder aber auf dem Explorer-Schiff „Saturn."* Sie stimmten einstimmig für die „Saturn."

Daraufhin nahm der Gleiter Kurs zurück zur Stadt. Nach dem Abendessen orderte Akkila erneut den Gleiter, welcher sogleich Kurs auf den Liegeplatz der „Saturn" nahm.

Phil nahm sie in Empfang, *„Der Start ist für morgen früh um acht Uhr geplant, und sie* *könnten dabei auf der Kommandobrücke den Start miterleben."*

Sie wünschten sich eine gute Nacht und jeder begab sich in sein Quartier.

Tag Drei, 2. April 2045

7:30 Uhr, alle hatten sich in der Kommandozentrale eingefunden.

Phil erklärte den Verlauf des Fluges:

„Der Mars ist momentan 228 Millionen Kilometer vom Mond entfernt. Wir werden mit einem Prozent Licht fliegen, und den Mars werden wir in 27 Stunden erreichen. Macht es euch bequem! Wir starten in 30 Minuten."

Der Start verlief wie immer unspektakulär, das Schiff schwebte aus dem Hangar und beschleunigte, nachdem sie genügend Sicherheitsabstand erreicht hatten. Es wurde immer schneller, und der Mond wurde zunehmend kleiner. Nach wenigen Minuten sahen sie Erde und Mond im Raum schweben.

Akkila sagte zu den vier aus dem zwanzigsten Jahrhundert:

„Jetzt zeige ich euch Fistor's kleine Nano Roboter. Folgt mir bitte in den großen Gemeinschaftsraum!"

Dort nahmen sie in bequemen Sitzen Platz, und die vier Freunde waren gespannt was jetzt auf sie zukommt.

Der Raum war kreisrund, und plötzlich erschien nach einem kurzen Flimmern in der Mitte des Raumes eine Holografie.

Sie sahen Dinosaurier in einer Savanne, eine Herde Apatosaurus und dazwischen einige Ankylosaurus, welche friedlich grasten. Die vier Freunde stierten mit offenen Mündern auf die Bilder. Fred fragte als erster,

„Akkila ist das ein Film?"

„Nein", das ist real und in Echtzeit, es sind Aufzeichnungen von einem Nano Roboter aus Fistor's Sammlung.

Der Roboter befindet sich in der Zeit vor 65 Millionen Jahren im Paläogenzeitalter.

„Das ist so wirklich, da bekommt man richtig Angst", sagte Kim, „Man sitzt quasi mittendrin und hat das Gefühl gleich zertrampelt zu werden."

Die Herde bewegte sich langsam weiter, und aus der Ferne hörten sie jetzt ein fürchterliches Gebrüll.

„Das ist der König der Dinosaurier", sagte Ortan.

„Passt auf!"

Die Herde wurde unruhig und bewegte sich schneller, dann sahen sie alle einen Tyrannosaurus Rex aus dem Dickicht hervorstürzen, die Herde flüchtete und das Ungetüm hinterher. Das Getrampel war ohrenbetäubend, als die Herde flüchtete.

Plötzlich blieb der "T-Rex" stehen, brüllte markerschütternd und drehte sich langsam einmal um sich selbst, so als hätte er etwas gewittert.

Dann tauchte ein anderer „T-Rex" auf, der noch grösser als der eben gesehene war. Die beiden Riesen stürmten aufeinander zu und kämpften einen grausamen Kampf,

„Das kann man ja nicht mit anschauen", meinte Kim, „das ist so brutal."

Daraufhin schaltete Akkila die Übertragung ab und sagte:

„Du hast recht, das war genug. Ich wollte euch nur beweisen, dass wir mit diesen Robotern in der Lage sind, real das Leben in verschiedenen Epochen der Erde zu erleben, und wie ihr eben gesehen habt, geht das auch manchmal sehr grausam zu."

Yaccina fragte:

„Möchtet ihr eine andere Zeit sehen?"

Zum Beispiel *das Mittelalter um das Jahr 1445?"*

"Nein bloß nicht DAS", riefen alle vier gleichzeitig, *"Davon hatten wir genug, vielen Dank."*

Mittlerweile waren 14 Stunden vergangen. Sie saßen zusammen beim Abendessen und unterhielten sich angeregt. Jeder erzählte aus seinem bisherigen Leben. So erfuhren sie von Yaccina, dass man hier ab dem Alter von 18 Jahren als erwachsen gilt und sich erst dann mit den Wissenschaften aktiv beschäftigen dürfe.

"Dieses Gesetz hätten sie mit ihren eigenmächtigen Forschungen auf dem Gebiet der Raum und Zeittransmitter gebrochen. Sie hätten aber Glück gehabt, ohne Strafe davongekommen zu sein", sagte Ortan.

Akkila drängte, *"Wir sollten uns jetzt zur Ruhe begeben, es* ist schon spät geworden. Morgen haben wir einen weiteren langen Tag vor uns. Es gibt viel zu sehen auf dem Mars. Wir werden so gegen elf Uhr landen, danach treffen wir die Ratsmitglieder, die uns zum Essen in einem der besten Restaurants eingeladen haben. Das wird besonders Fred begeistern, denn in diesem Restaurant werden die Speisen von Sternen-Köchen zubereitet! Diese gibt es nur noch selten."

Alle trafen sich am nächsten Morgen zum gemeinsamen Frühstück; auch Phil erschien und sagte:

„Es sind noch drei Stunden bis zur Landung, ihr könnt die Landung auf dem Mars von der Brücke aus verfolgen, es ist ein einmaliger Anblick, das solltet ihr euch auf keinen Fall entgehen lassen!"

Daraufhin begab sich Phil auf die Kommando-Brücke.

Die acht Freunde folgten Phil nach dem Frühstück auf die Brücke.

Der Mars wurde vor ihnen immer grösser. Alex fragte: *„Ich habe den Mars als den Roten Planeten in Erinnerung, aber der Planet vor uns erscheint mehr Grün und Blau als Rot, warum ist das so?"*

Akkila antwortete:

„Der Mars wurde vor mehr als 1500 Jahren begrünt, und das Ergebnis seht ihr vor euch. Er wurde damals als Erstes mit Co2 angereichert, der Kohlenstoff erzeugte ein Treibhausklima. Das nennt man ‚Terraforming'."

„Dann wurden Pflanzen angesiedelt und diese produzierten den Sauerstoff. Das dauerte ganze 700 Jahre. Vor 500 Jahren wurde angefangen, den Mars zu

besiedeln. Davor waren nur Wissenschaftler und Astronauten permanent dort angesiedelt. Erst seit 300 Jahren ist es möglich, sich ohne zusätzlichen Sauerstoff im Freien aufzuhalten. Der Sauerstoffgehalt ist nahezu erdähnlich. Die Gravitation ist aber erheblich geringer. Auf der Erde beträgt die sogenannte Schwerebeschleunigung 9,81 m/s^2, auf dem Mars hingegen nur 3,72 m/s^2. Der Mensch wiegt auf dem Mars nur ein Drittel so viel wie auf der Erde."

Den Kindern rauchte der Kopf von so vielen neuen Informationen!

Der Bordcomputer meldete sich nun: „Landung erfolgt in genau dreißig Minuten."

Jetzt waren alle Crewmitglieder der „Saturn" auf der Brücke, sowie eine ganze Reihe von Robotern, einige davon hatten die vier Freunde bisher noch nicht gesehen, es waren schwebende Kugeln mit vier Greifarmen und diversen Werkzeugen an den Armen. Andere waren kastenförmig mit nur einem Greifarm. Alle wuselten geschäftig auf der Brücke umher.

Phil gab Anweisungen und der Bordcomputer bestätigte die Ausführungen sofort.

„Bremsmanöver einleiten", befahl Phil. Die Passagiere merkten davon nichts, denn die hohen G-Belastungen glich der Anti-Gravitation-Generator aus.

„Noch 25 Minuten" klang es aus den Lautsprechern. Der Mars war jetzt mit bloßem Auge deutlich zu erkennen und wurde immer größer.

„Großartig" meinte Kim. Der Mars sah fast so aus wie die

Erde mit viel Grün und blauem Wasser in großen Seen.

Plötzlich ertönte ein ohrenbetäubender Warnton aus dem Lautsprecher, dann ein kreischendes Geräusch und ein knisternder Ton von einer sehr hohen Frequenz, wie bei einer Rückkopplung. Das Schiff bebte und zitterte, es krachte in allen Ecken. Alle schrien durcheinander. Es waren Explosionen im Innern des Schiffes zu hören. Danach wurde es still, der Bordcomputer plärrte noch sein Warnsignal über die Lautsprecher, aber dann war auch das verstummt. Jetzt wurde es dunkel. Nach kurzem Flimmern schalteten sich die roten Notstromlampen an und leuchteten fahl. Es war ein gespenstiges Licht.

Sie saßen alle in ihren Sitzen fest, die Automatik hatte in Millisekunden reagiert und sie mit einem Impact-Schutz geschützt. Trotzdem waren alle benommen. Alex war der Erste, der sich vom Schreck erholte und seinen Freunden zurief:

„Seid ihr alle okay? Was, zum Teufel war das denn?"

Kim, Ed und Fred ging es gut, aber von den anderen Vier und von Phil und der Crew kam keine Antwort.

Einige der Roboter lagen zertrümmert im Raum verstreut, und auch die menschenähnlichen Roboter meldeten sich nicht.

Anscheinend waren die vier Freunde die einzigen bei Bewusstsein.

Jetzt meldete sich die sonore Stimme von „Fifteen", so hieß der Bordcomputer. Sie seien von einem Gammablitz von ungeheurem Ausmaß gestreift worden. Für Ausweichmanöver sei keine Zeit gewesen und sie hätten nur überlebt, weil der

Schutzschild die ersten zehn Sekunden standgehalten hätte, aber danach wäre der Schirm zusammengebrochen. Er selbst würde nur funktionieren, weil er durch einen extra Schutzschirm geschützt sei.

Der Bordcomputer meldete weiter: *„Alle Menschen an Bord, außer euch VIER, sind ohne Bewusstsein. Ich bin dabei, die Lebensfunktionen zu scannen. Alles ist soweit normal, aber sie befinden sich in einem Koma und die genaue Ursache habe ich noch nicht herausgefunden.*

Ich löse jetzt die Sitzsicherungen eurer Sitze, aber: Achtung! Die „Antigravs" arbeiten nicht. Ihr seid schwerelos und ich kann nicht sagen, ob ich das reparieren kann, denn die Reparatur-Roboter sind, so scheint es, außer Betrieb."

Kim sagte:

„Jetzt sitzen wir aber ganz schön in der Tinte. Was sollen wir jetzt tun?“

Ed meldete sich: „Erst mal Ruhe bewahren!“

„Fifteen“ meldete sich erneut:

„Schnell! Begebt euch wieder in eure Sitze, ich muss euch sichern, denn ich kann das Schiff nur noch minimal steuern. Wir werden mit einem Winkel von 12 Grad und mit 300 km/h auf die Oberfläche des Mars treffen. Der Impact liegt 3500 Kilometer von Marsilia entfernt. Laut meinen Berechnungen wird das Schiff nur wenig zusätzlichen Schaden erleiden. Der Aufprall wird in genau zwanzig Minuten erfolgen. Die Notsignale wurden gesendet; keine Empfangsbestätigung bis jetzt!“

Alex sagte zu den andern:

„Hoffentlich halten die Sitze und vor allem wir es auch aus!"

Fünf Minute vor der Kollision, schaltete der Computer den großen Bildschirm aus. Er bereitete uns auf den Impact mit kurzen Lautsprecheransagen vor.

Dann erfolgte der Aufschlag. Das Schiff wurde extrem durchgeschüttelt, schlug mehrmals auf den Boden auf, bis es schließlich zum Stillstand kam.

„Hurra", geschafft", riefen alle Vier.

Die Sicherungen an ihren Sitzen lösten sich und ‚Fifteen' meldete sich wieder:

„Keine weiteren Schäden am Schiff, aber die Crew ist immer noch nicht bei Bewusstsein!"

Tag drei 3. April 4045

Es war 11 Uhr 35, als sie auf dem Mars unsanft gelandet waren. Die Notbeleuchtung war immer noch an, aber es gab keine Sirenen mehr, die plärrten.

Alex sagte:

„Kommt und lasst uns mal nach den Crewmitgliedern und unseren Freunden schauen, ob wir ihnen helfen können!"

Der Borcomputer war wieder zu vernehmen: *„Die Ursache für die Bewusstlosigkeit bei der Crew und den vier Passagieren ist der Ausfall, der Symbionten. Der Elektromagnetische Pulse (EMP) war extrem stark und machte die Chips funktionsunfähig."*

Auch die Roboter seien davon betroffen. Er habe aber einen

noch funktionsfähigen Reparatur-Roboter in der Ersatzteil-Bay ausfindig gemacht. Dieser sei während des Gammablitzes ausgeschaltet gewesen und somit unbeschadet geblieben.

Er, arbeite bereits an einem äußerst komplizierten Reparaturplan, ließ der Computer vernehmen. Aber ein einziger Roboter könne die Reparatur nicht alleine ausführen. Ed bot sofort seine Hilfe an, er sei in der Lage komplizierte Reparaturen auszuführen er brauche nur konkrete Anweisungen.

Der Rechner, meinte:

„Mit eurer Hilfe ist es eventuell möglich, die Reparatur in 48 Stunden durchzuführen."

Kim fragte, ob das nicht schneller gehe, denn sie müssten am siebten Tag unter allen Umständen wieder zurück in ihre Zeit.

„Das wird sehr knapp, gibt es denn keine Möglichkeit, die Crew aus ihrer Bewusstlosigkeit zu holen."

Der Computer antwortete:

„Das könnten nur Ärzte und eventuell IT Spezialisten."

‚Fifteen' schickte sie in den Laderaum zum Reparatur-Roboter, sie sollten ihn einschalten. Sie machten sich auf den Weg dorthin, geleitet von „Fifteen". Sie „weckten" den Roboter, und dieser schwebte ihnen hinterher. Sie gingen wieder zum Passagierraum zurück, wo die anderen im Tiefschlaf lagen, und beratschlagten, wie es weitergehen sollte. Es fiel ihnen aber nichts ein.

Zunächst müsste der Bord Computer sie richtig einweisen, wie die Reparatur erfolgen sollte.

Fred, der von großem Hunger geplagt wurde, sagte:

„Wir haben keine funktionsfähigen ‚Küchenhelferlein,' wo *bekommen wir denn nun etwas zu essen her. Ich sterbe vor Hunger?"* „Frag doch den schlauen Rechner", antwortete Kim. Das tat Fred sofort und fragte: *„Fifteen, wo bekommen wir etwas zu essen her?"*

Der Computer antwortete, in der Küchen-Bay müssten genügend Vorräte sein, aber alles künstliche Nahrung, die immer von den Küchen-Robotern zubereitet werden würde. Fred sagte:

„Keine Sorge, es wird mir schon etwas einfallen. Zur Not müssen wir das Schiff verlassen und uns einen Braten schießen, es wird ja wohl da draußen etwas Essbares herumlaufen."

Der Computer hatte mitgehört und sagte: *„Das kann durchaus sein. Vor 300 Jahren brachten die ersten Siedler auch Tiere von der Erde mit: Hasen, Rehe, Hühner und Schweine. Diese Tiere sind alle ausgewildert und leben in den Savannen und Wäldern außerhalb der Städte. Sie müssten sich prächtig vermehrt haben, denn um sie kümmert sich seither keiner mehr. Möglicherweise wird ihre Verbreitung von Raubtieren, Bär, Wolf sowie Raubvögeln reguliert, denn diese Tiere sind damals auch ausgesetzt worden."*

„Na also" meinte Fred, *„Wir dürften eigentlich nicht verhungern."* *„Fifteen, mit welchen Waffen könnte man ein größeres Tier erlegen"?* Der Computer antwortete:

„Es gibt Laserwaffen, welche die Crewmitglieder tragen, wenn sie neue Planeten

erkunden. Diese Waffen sind aber auf jedes Crewmitglied individuell eingestellt und somit auch nur von diesem zu entsichern."

Alex, das „Mathematikgenie" antwortete ziemlich sauer:

„Dann lass dir halt etwas einfallen, wie du die Sperre umgehen kannst, das sollte ja nicht so schwer sein, da dir die Funktion sicherlich bekannt ist, oder? Ein altes Sprichwort heißt bei uns zu Hause: Hilfst du mir, dann helfe ich dir."

„Das klingt logisch", meinte der Computer. „Ich lasse die Sperren von dem RepRobo aufheben" „Danke" sagte Alex etwas freundlicher. Damit war das erst einmal geklärt. Fred sagte:

„Ihr kümmert euch um die Reparatur, und ich mich ums Essen. Wer kommt mit mir auf die Jagd"?

„Ich" sagte Alex, „Ed und Kim, ihr könnt euch mit der Reparatur beschäftigen, sobald ‚Fifteen‚ eine zündende Idee hat!"

‚Fifteen‘ ließ mit einer Antwort nicht lange auf sich warten:

„Als Erstes müssen wir den Antigrav und den Bordcomputer der Landefähre, welche im Hangar zwei steht wieder funktionsfähig machen. Der Antigrav kann mit Bauteilen aus diesem Schiff und Ersatzteilen aus der Ersatzteil-Bay wiederhergestellt werden. Es ist eine aufwendige Reparatur, aber ich denke, gemeinsam schaffen wir das!"

Der RepRobo habe alle nötigen Informationen schon von ihm überspielt bekommen.

„Der RepRobo zeigt euch beiden, Ed und Kim, welche Teile wo aus und wo wieder *eingebaut werden müssen. Ich habe die Reparatur der Landefähre mit 48-50 Stunden errechnet. Funktionsfähige RepRobo's würden das in der Hälfte der Zeit schaffen, aber da ihr im Umgang mit den Werkzeugen und den Reparaturanweisungen nicht vertraut seid, habe ich die doppelte Zeit veranschlagt."*

Die beiden fingen an, zusammen mit dem RepRobo die ersten Teile aus dem Explorerschiff auszubauen, das ging relativ einfach, dauerte jedoch ziemlich lange, da die Anlage mit vielen Anschlüssen und Steckern zu anderen unbekannten Bauelementen vernetzt waren. Sie arbeiteten ununterbrochen. Nach ungefähr 12 Stunden waren sie so ermüdet, dass sie sich einige Stunden Schlaf gönnen mussten.

Tag vier 4. April 4045

Kim und Ed wachten auf, es roch nach Frühstück. Das weckte ihre Lebensgeister und sie rannten in den Aufenthaltsraum. Dort war Fred am Brutzeln. *„Guten Morgen"* wünschte er ihnen, *„Es gibt leckeren Hasenbraten ohne Beilage. „Sorry ich habe mich nicht getraut, irgendwelches Gemüse aus dem Wald mitzubringen, das war mir alles unbekannt. Aber ,Fifteen' analysiert gerade, welche Sorten für uns genießbar sind. Wenn ja, dann gibt es heute Mittag eine Art Kartoffel dazu."*

Es hatte da draußen im Wald von Hasen und Wildschweinen nur so gewimmelt., also um Nahrung brauchten sie sich keine Sorgen zu machen.

„Wie sieht es bei euch aus?" Fragte Alex das IT-Duo.

„Der Ausbau der Elemente war extrem schwierig gewesen", antwortete Ed, *„Denn die Elemente waren mit Hunderten von anderen Maschinen verknüpft. Alles ist sehr kompliziert."* Das Wechseln von einzelnen Bauteilen hatte sich länger hingezogen als erwartet.

„Nach dem Hasenbraten müsste es aber schneller gehen", meinte Ed,*"* und alle lachten.

Kim meinte: *„Hoffentlich können wir den Zeitplan einhalten, sonst sitzen wir hier fest. Ich möchte nicht den Rest meines Lebens hier verbringen."*

Ed stimmte ihr zu, *„Ehrlich gesagt, alles ist hier zwar unglaublich interessant, aber ich bin deiner Meinung."*

Sie wollten alles versuchen, den Gleiter wieder flugfähig

zu machen. Sie reparierten unermüdlich, bauten Komponenten aus der „Saturn" aus und im Gleiter wieder ein. Das alles zog sich noch mal über 8 Stunden hin.

Tag fünf 5. April 4045

Es war mittlerweile dreiundzwanzig Uhr. Der Computer äußerte, *„Er brauche noch vier weitere Stunden zum Überprüfen der gewechselten Komponenten, dann noch mal weitere vier Stunden, um den Gleiter-Computer zu programmieren und um Updates zu installieren."*

„Dann sollte es geschafft sein! Das ist eure letzte Chance, um rechtzeitig nach Marsilia zu kommen. Meine abgesetzten Notrufe sind bisher unbeantwortet geblieben. Offensichtlich hat der lineare Transmitter total versagt und ist nicht zu reparieren; dazu muss das Schiff in eine Werft."

Tag sechs 6. April 4045

Um sechs Uhr morgens weckte der Bordcomputer alle Vier und sagte, er habe die Landefähre durchgecheckt; sie sei voll funktionsfähig. Sie sollten sich so schnell wie möglich zum Hangar begeben, die Koordinaten seien schon im Landefähren-Computer eingespielt. Dieser habe auch alle nötigen Daten für die Rettung der Crewmitglieder und ihrer vier Freunde.

Die Vier rannten in den Hangar und im Nu saßen sie in ihren Sitzen. Der Bordcomputer begrüßte sie:

„Start erfolgt in zwanzig Sekunden".

Die Kinder waren voller Ungeduld. Der Gleiter manövrierte in Windeseile aus der Luke der „Saturn" hinaus, und im Tiefflug ging es in Richtung Stadt.

In weniger als einer Stunde erblickten die vier Freunde eine riesige Energiekuppel und darunter die Stadt Marsilia!

Eine Schleuse öffnete sich, und sie flogen geradewegs durch sie hindurch. Sie landeten auf einem Raumhafen.

Unglaublich viele Menschen scharten sich um die Fähre.

Sie wurden, von Astum empfangen. Er fragte aufgeregt:

„Was ist passiert? Das Explorer Schiff ist seit Tagen, als vermisst gemeldet und verschwand nach dem enormen Gammablitz, der nur knapp den Mars verfehlte, von den Schirmen, und niemand konnte bisher klären, wo das Schiff abgeblieben war."

Alex erklärte ihm, *„Dass sie eine Notlandung hätten machen müssen. Er solle so schnell* *wie möglich ein Team von Ärzten und IT-Spezialisten zu der Notlandestelle schicken. Die Koordinaten und weitere Erklärungen über den Zustand ihrer vier Freunde sowie der Crew seien im Bordcomputer gespeichert, beeilen sie sich, es geht um Leben und Tot."*

Astum gab kurze Befehle an Uniformierte, und diese waren in wenigen Minuten im Gleiter der Saturn verschwunden. Der Gleiter hob daraufhin ab und flog zurück, von wo sie hergekommen waren.

Astum und die vier Freunde bestiegen einen Transport Pod und flogen in die Stadt Marsilia. Sie erreichten das Regierungsgebäude auf dem Mars. Astum und die Vier wurden in einem großen Saal empfangen, wo man sie mit Applaus begrüßte und über die gelungene Notlandung beglückwünschte.

Astum bat die Abgeordneten, alles zu tun, um die vier Gäste rechtzeitig in ihre Zeit zurückzubringen. Er erklärte den Abgeordneten:

„Nach Ablauf der festgesetzten sieben Tage ist es unmöglich, die Gäste wieder in ihre Zeit zu transportieren."

Der Rücktransport müsse auf dem Mond erfolgen, da sich dort der große Zeittransmitter, und der Zentral Computer befände.

Wir haben nur noch 30 Stunden zur Verfügung, das ist knapp. Die schnelle „Saturn" steht ja nicht zur Verfügung, weil sie mindesten drei Tage in die Reparaturwerft muss. Wer von den Anwesenden ist in der Lage, den Mond in weniger als 27 Stunden zu erreichen?"

Ein Vertreter des Planeten Gragx mit Namen „Vnokx" bot an, die Vier mit seinem Schiff zur Mondbasis zu fliegen. Er erklärte, sein Schiff, die „Vlaana", brauche nur 20 Stunden. Zu den vier Freunden sagte er, *„Seine Crew benötige eine Stunde für die Vorbereitung. Die Vier sollten sich in einer Stunde beim Liegeplatz der Vlaana einfinden."*

Astum bedankte sich bei dem Abgeordneten der Gragx und beteuerte den vier Erdmenschen:

„Macht euch keine Sorgen um eure Freunde. Wie ich soeben erfahren habe, sind sie alle wieder bei Bewusstsein. Es wird aber mindesten 5-6 Stunden dauern, bis sie wieder vollkommen hergestellt sind!"

Kim fragte: *„Heißt das, wir sehen unsere Freunde nicht mehr, bevor wir starten?"*

Astum meinte, *„Es sei leider nicht möglich. Aber sie könnten während der Rückreise*

196

zum Mond über die Schiffsanlage mit ihnen kommunizieren."

Der Abgeordnete „Vnokx" vom Planeten Gragx sagte, *„Es ist mir eine Ehre, euch helfen zu dürfen"*, und er verbeugte sich. Die Vier waren über das Aussehen von Vnokx zuerst ziemlich geschockt, ließen es sich aber nicht anmerken.

Die Gragx waren reptilienähnliche Geschöpfe, ungefähr zwei Meter groß, hatten eine hellgrüne schuppige Haut und ihr Körper war kräftig und robust. Sie galten aber als äußerst friedliche und hochintelligente Geschöpfe. Vnokx meinte, *„Sie sollten sich in einer Stunde pünktlich an der Schleuse der „Vlaana" einfinden"*, er verbeugte sich wieder, drehte sich um und watschelte davon.

Alex sagte, nachdem sie verabschiedet worden waren:

„Na gut, schauen wir uns kurz die Stadt an und dann begeben wir uns zur „Vlaana".

Pünktlich standen die vier Freunde vor der Schleuse des Schiffes. Die „Vlaana" war ein beeindruckendes Dreiecksschiff mit einer Kantenlänge von 300 Metern, einer Höhe von 50 Metern und einigen sonderbaren Aufbauten über den Rumpf verteilt.

„Das sieht sehr ungewöhnlich aus", meinte Ed, *„Ob das Ding wirklich fliegen kann?" „Genau das hatte ich auch gerade gedacht"*, sagte Alex.

Sie wurden von einem Crew-Mitglied der „Vlaana" empfangen, er oder sie, begrüßte die Freunde und begleitete sie auf die Brücke, um den Start dort mitzuerleben. Der Kommandant hieß „Grrigx".

Der Computer zählte die letzten zwanzig Sekunden bis zum Start herunter, und dann erhob sich die „Vlaana" von ihrem Liegeplatz.

Die Kinder konnten sich an dem immer wieder faszinierenden Schauspiel nicht satt sehen: Der Mars wurde immer kleiner, der einzige Hinweis, dass das Schiff sich mit enormer Geschwindigkeit fortbewegte.

An Bord war außer einem leichten Vibrieren und Summen absolut nichts zu spüren.

Sie wurden von den Service-Robotern vorzüglich versorgt. Das Essen war ganz und gar bayrisch: Knödel mit Braten und Blaukraut. *„Da verschlägt es mir aber die Sprache",* dachte Fred, *„So eine Frechheit, das haben die von mir abgekupfert. Es schmeckt aber hervorragend, alle Achtung!"*

Die zwanzig Stunden an Bord
der „Vlaana" vergingen im
wahrsten Sinne des Wortes *„Wie
im Flug."*

Als sich die Freunde gerade
im großen Speisesaal der Crew
angeregt mit den Gragx
unterhielten, informierte sie
der Kommandant, dass die
Landung in einer Stunde
erfolgen würde. Sie sollten
sich bereitmachen, denn allzu
viel Zeit sei nicht mehr
vorhanden, es müsse alles
schnell gehen.
Der zentrale Computer ‚ONE'
hatte alles vorbereitet; Der
Transmitter war eingeschaltet
und stabilisiert.
*„Noch fünf Minuten bis zur
Landung"*, meldete er.

Die „Vlaana" landete um elf Uhr morgens auf dem großen Raumhafen der Mondbasis. Die Besatzung verabschiedete sich herzlich von den Vieren, sie hatten sich in den Stunden des Fluges zum Mond besser kennengelernt und angefreundet. Traurig verabschiedeten sie sich. Die Gragx umarmten die vier Freunde, dann gingen sie die Rampe zu ihrem Schiff hinauf. Die komplette Crew winkte, dann waren sie nicht mehr zu sehen. Die große Luke schloss sich lautlos.

„Schade" meinte Kim etwas wehmütig, *„Ich werde sie vermissen."*

„Wir sie auch" antworteten die anderen. *„Das sind sehr liebenswerte Geschöpfe."*

Sie stiegen in einen Gleiter, der sie direkt in die Haupthalle des Großrechners brachte. Der sprach sie gleich mit seiner sonoren Stimme an:

„Das hat ja gerade so geklappt! Ihr habt noch genau 55 Minuten Zeit!" Sie sahen den Transmitter mitten im Raum schimmern und wollten gerade auf ihn zulaufen, da leuchtete ein 3D Hologramm links von ihrer Position auf. Sie erblickten Akkila, Ortan, Fistor und Yaccina. Die Vier schienen wieder völlig hergestellt.

Akkila sprach zu ihnen, *„Ihr seid wahre Freunde! Ohne eure Hilfe bei der Reparatur wären wir alle tot. Zehn Minuten später, und die Ärzte hätten uns nicht mehr retten können. Vielen, vielen Dank, dass ihr uns das Leben gerettet habt."*

Er fügte hinzu: *„So und jetzt geht bitte schnell durch den Transmitter, macht uns den Abschied nicht so schwer."*

Alle winkten sich zu, dann gingen die Vier durch die wabernde Wand und waren verschwunden.

Sie ließen traurige Menschen aus der Zukunft zurück.

Im selben Moment fanden sich die vier Freunde in einem dunklen Gang wieder. Sie fassten sich an den Händen.

„Wo sind wir hier"?"

„Keine Ahnung", meinte Alex.

Sie liefen auf eine Tür am Ende des Ganges zu und standen im nächsten Moment in der Gepäckabfertigungshalle vom „Franz-Josef Strauß Airport" in München.

Kim sagte zu den drei Jungen
schelmisch:
„*Was man doch alles im Urlaub
auf Ibiza erleben kann!*"

Mein Dank gilt vor allem Frau Mandy Unsöld, die sich solche Mühe gemacht hat, dieses Manuskript zu lesen und zu korrigieren.

Danke auch an meine Probeleser/innen Sigrid Scheffer Schwarck, Achim und Doris Scheld, Norbert und Angelika Balke, Udo und Lydia Krpesch, Wolfgang Mittelbach, Wolfgang Werkmann und meiner Schulkameradin Maria Wandrei für ihr aufrichtiges Feedback.

Besonderer Dank auch an meine liebe Frau Dagmar, die mich beim Schreiben mit Rat und Tat unterstützte.

Karl-Heinz Rüster, Mai 2018